Dorothea Stiller

Frühling der Herzen

Ein Regency-Liebesroman

Impressum

© 2019 Dorothea Stiller – alle Rechte vorbehalten

Stiller, Dorothea. Frühling der Herzen. Romance Alliance Love Shot 14.
Kontakt: siehe unter »Nachwort der Autorin«
Lektorat: Jessie Weber

Covergestaltung: Dorothea Stiller unter Verwendung einer Vorlage von C.S. und Bildmaterial von Pixabay und Period Images.

Herstellung und Verlag: BoD – Books on Demand, Norderstedt

ISBN: 978-3-7460-5004-1

KAPITEL 1

Mohnrote Seide

»Trauer ist wie ein Gentleman, an dessen Gegenwart und Aufmerksamkeiten man sich gewöhnen könnte. Man ist geneigt, sich dauerhaft zu binden. Gleichzeitig ist man sich bewusst, dass eine Vermählung in die Katastrophe führen würde. Man muss ihn auf Abstand halten, damit er nicht besitzergreifend wird. Ein Flirt, ein Tanz, ein Lächeln, mehr nicht. Nicht weiter. Und jetzt wird es Zeit, diesen hartnäckigen Verehrer in seine Schranken zu verweisen.«

Dorothy Collingwood schlug das feine Seidenpapier zur Seite und betrachtete das Kleid, das darunter zum Vorschein kam.

»Das ist in der Tat gewagt.« Ihre Cousine Maria Dallaway trat neugierig neben sie und strich mit der Hand über den teuren, mohnroten Seidenstoff. »Aber es war längst überfällig, dass du endlich die Trauergarderobe ablegst.«

»Ich weiß doch, Maria. Ich habe bloß nie den geeigneten Zeitpunkt gefunden. Es sind nun acht Jahre, und ich werde im September dreißig. Dreißig, Maria, stell dir das nur einmal vor. Wie weit weg uns das in unserer Jugend schien und nun plötzlich …« Dotty unterbrach sich und straffte die Schultern. »Wie dem auch sei. Wenn ich es bis dahin nicht wage, werde ich es womöglich nie tun. Und ich dachte, wenn ich schon das Grau und Lavendel endgültig verbanne, könnte ich die Tristesse auch gleich mit einer kräftigen Farbe austreiben. Bloß jetzt verlässt mich beinahe der Mut. Findest du es zu frivol?«

»Frivol?« Maria schien einen Augenblick nachzudenken. »Nein. Du hast recht. Und es wird dir ausgezeichnet stehen. Die kräftige Farbe passt zu deinem Teint und dem blonden Haar. Ich freue mich, dass du mich begleiten möchtest. Der Ball bei Lady Pinkney ist eine hervorragende Gelegenheit, dich wieder aufs große Parkett zu begeben.«

»Es ist schon seltsam, nicht wahr? Mir hat es nichts ausgemacht, Abendgesellschaften oder Dinnerpartys zu besuchen, aber einen Ball? Noch immer kommt es mir falsch vor, ohne Henry zu einem Ball zu gehen. Versteh mich nicht falsch, liebe Cousine. Mein Verstand weiß, dass du recht hast. Ich bin noch zu jung, um mich dauerhaft in meiner Witwenschaft einzurichten und derlei Veranstaltungen zu meiden. Aber mein Herz sagt mir etwas anderes. Mein Herz, oder zumindest ein Teil davon, ist mit ihm bei Kopenhagen auf See geblieben.«

»Ach, Dotty. Ich verstehe, dass es schwer ist, aber du kannst nicht fortwährend in der Vergangenheit leben. Das entspricht nicht deinem Wesen. Früher habe ich dich um deine Fröhlichkeit und Unbeschwertheit beneidet. Wann wirst du dir endlich erlauben, wieder glücklich zu sein?«

Dorothy las Mitgefühl aus Marias Blick, doch ihre Worte verrieten auch eine gewisse Ungeduld. Marias Verständnis für die Lage ihrer Cousine schien sich über die Jahre erschöpft zu haben. Und eigentlich hatte sie recht. Dotty war froh, dass Maria, die ihre Gefühlsregungen besser zu kontrollieren verstand, so unerbittlich gewesen war. Denn sie selbst hatte sich nun schon so lange gescheut, einen Ball zu besuchen, dass sie es womöglich ohne deren Beharrlichkeit nie getan hätte. Sie rechnete es der Cousine und deren Familie hoch an, dass sie nach Henrys Tod für sie da gewesen waren, sie aber nie bedrängt hatten, sich schnell wieder zu verheiraten. Dorothy wusste, wären ihre Eltern noch am Leben gewesen, hätten sie darauf bestanden, dass sie sich nach einer angemessenen Trauerzeit möglichst rasch wieder vermählte. Wenn sie ehrlich war, hatte sie sich in ihrer Witwenschaft in den letzten Jahren gut eingerichtet. Selbstverständlich fehlte ihr Henry, und der Verlust schmerzte. Doch darüber hinaus bot ihr neuer Status Freiheiten, an die sie sich gewöhnt und die sie zu schätzen gelernt hatte. Vielleicht war auch das ein Grund, dass sie Bälle gemieden hatte. Denn es stand zu befürchten, dass sie früher oder später doch jemandem begegnen würde, der sie interessierte, aber sie wusste nicht, ob sie bereit war, sich wieder jemandem unterzuordnen. Bei Henry war es anders gewesen. Da hatte sie es gern getan. Und Henry war ein guter Ehemann gewesen, jedenfalls soweit sie es nach der wenigen gemeinsamen Zeit, die ihnen durch seinen Einsatz in der Marine vergönnt gewesen war, beurteilen konnte. Nun, es war müßig, darüber nachzudenken. Die Einladung war angenommen, das Kleid bestellt, genäht und geliefert, und damit war es so gut wie unmöglich geworden, es sich jetzt noch anders zu überlegen.

»Lady Pinkneys Frühlingsball ist jedes Jahr ein Ereignis«, betonte Maria. Sie schien zu ahnen, dass Dorothy nach wie vor Zweifel hatte. »Sie ist eine ausgezeichnete und geschickte Gastgeberin. Das hat sich herumgesprochen, und wir dürfen uns glücklich schätzen, dass sie uns überhaupt einlädt. Wir haben die Einladung nur dem Umstand zu verdanken, dass wir Nachbarn sind und Lady Pinkneys Tochter Cecilia sich mit meiner Clara angefreundet hat. So eine Einladung kommt einer Auszeichnung gleich, denn Lady Pinkney zählt eine Reihe einflussreicher und angesehener Leute zu ihren Gästen. Wer weiß, vielleicht lernst du noch einmal einen reizenden Gentleman …«

»Maria, bitte nicht«, unterbrach Dorothy ihre Cousine. »Sonst werde ich es mir anders überlegen. Ich weiß, du meinst es gut mit mir. Doch über so etwas möchte ich noch nicht einmal nachdenken. Meine Verhältnisse mögen seit Henrys Tod bescheidener sein, aber ich empfinde sie nicht als bedrückend. Ich darbe nicht und habe mein Auskommen. Ich sehe weder Anlass noch Notwendigkeit, etwas an meinen

Lebensumständen zu verändern. Außerdem bezweifle ich, dass ich einen anderen Mann lieben könnte. Darum lass es gut sein, Maria. Allerdings glaube ich, dass ich von den Herren auch nichts zu befürchten habe. Sie bevorzugen Jugend, Unschuld und Zurückhaltung. Nichts davon habe ich zu bieten.« Sie lachte laut und Maria stimmte kopfschüttelnd ein.

»Du bist unverbesserlich, Dotty. Doch ich will nicht klagen und mich stattdessen darüber freuen, dass deine alte Fröhlichkeit zurückzukehren scheint.«

»Und wie könnte sie nicht, Cousine?« Dotty trat ans Fenster. »Sieh nur, wie die Natur erwacht. Ist es nicht herrlich? Wie die Krokusse ihre Köpfe aus der Erde strecken und das Grün unbeirrbar das Braun und Grau des Winters verdrängt! Die Sonne strahlt heute so kräftig. Wir sollten einen Spaziergang unternehmen. Den Mädchen und Philip wird es auch wohltun, nicht länger in der Stube hocken zu müssen. Wir sollten sie mitnehmen. Vielleicht fühlt sich auch Francis heute kräftig genug, um uns zu begleiten.«

»Eine hervorragende Idee, Dorothy. Wir wollen gleich nach Oakham aufbrechen und sie fragen, ob sie uns nach dem Tee begleiten möchten. Annesley hat ihre Teebrötchen gebacken, und es ist noch Rosenmarmelade vom letzten Jahr da. Schließlich ist Sonntag und wir dürfen uns etwas gönnen.«

Dorothy wandte sich wieder dem neuen Ballkleid zu. Bevor sie sorgsam das Seidenpapier darüber deckte und den

Deckel der Schachtel schloss, warf sie noch einen Blick darauf. Es gefiel ihr ausnehmend gut. Das kräftige Mohnrot, die zarte Spitze am Ausschnitt und die kunstvoll gestickte Borte mit den Blütenranken waren ebenso wie die Krokusse und die Frühlingssonne ein Versprechen. Dieses aufkeimende Gefühl der Erwartung erschreckte sie ein wenig, denn sie hatte es zuletzt empfunden, bevor sie Henry kennengelernt hatte, und es schien – wie das leuchtend rote Kleid – nicht mehr zu ihr zu passen. Ihre Neugier, der Erlebnishunger, die überschäumende Lebensfreude ihrer jungen Jahre hatten sich in dem Moment verflüchtigt, als sie die Nachricht von Henrys Tod erhalten hatte. Von einem Augenblick zum anderen war aus einer fröhlichen und hoffnungsvollen jungen Ehefrau eine Kriegswitwe geworden, die sich schmerzhaft bewusst war, dass das Glück flüchtig war und man es nicht festhalten konnte. Doch schon bei der Auswahl des Stoffes für ihr Ballkleid hatte sich in Dorothy zum ersten Mal seit langer Zeit wieder so etwas wie Appetit fürs Abenteuer geregt. Neugier auf die Zukunft, Lust darauf, die Welt in all ihren Farben in sich aufzunehmen, sie zu kosten und zu genießen. Sie verspürte ein Verlangen, sich wie ein vertrocknetes Blatt in einem vom Schmelzwasser anschwellenden Bachbett mitreißen zu lassen. Und da war dieses unbestimmte Gefühl, dass etwas Besonderes in der Luft lag. Irgendwo da draußen in der Welt, die sich in optimistisches Grün zu kleiden begann, wartete noch etwas auf sie.

KAPITEL 2

Unter Gentlemen

Die Stunde war bereits fortgeschritten. Die Herren hatten sich ausdauernd dem Genuss von Sherry, Port und Brandy hingegeben. Tabakrauch so dicht wie der Frühnebel über der Themse hing in der Luft und der Ton hatte sich von gedämpft zivilisierter Konversation zu ungezügelter Ausgelassenheit fast bis zur Vulgarität gewandelt.

Der Marquess of Beresford, der es etwas ruhiger bevorzugte, hatte sich mit seinem Freund Burlington an einen Tisch in der Ecke zurückgezogen, um eine Partie Karten zu spielen, zu politisieren und Pfeife zu rauchen.

»Haben Sie sich meinen Vorschlag noch einmal durch den Kopf gehen lassen, Beresford?«, fragte Burlington in verdächtig beiläufiger Weise.

Archibald taxierte sein Gegenüber über den Rand des Kartenfächers hinweg.

»Es ist bereits das dritte Mal heute Abend, dass Sie das Thema aufbringen.« Er zog eine Karte aus dem Fächer und legte sie ab.

»Und Sie haben mir noch immer keine zufriedenstellende Antwort gegeben.«

Archibald lachte und lehnte sich in seinem Stuhl zurück.

»Dann erklären Sie mir noch einmal genau, warum ich Sie nach Surrey begleiten soll, Burlington.«

»Um mir Gesellschaft zu leisten und Ostern mit mir und meiner Familie zu verbringen.«

»Verstehen Sie mich nicht falsch, lieber Freund. Die Einladung ehrt mich, doch ich könnte mir denken, dass Ihre reizende Gattin und Ihre Kinder sich Angenehmeres vorstellen könnten, als das Osterfest mit einem alten, launischen Griesgram wie mir zu verbringen.«

Burlington lachte und legte ebenfalls eine Karte ab.

»Machen Sie sich nicht schlechter, als Sie sind, Beresford. Sie sind keineswegs alt und griesgrämig, sondern ein Mann im besten Alter und darüber hinaus ein angenehmer Gast. Sicher wissen Sie selbst, dass Lady Burlington eine äußerst hohe Meinung von Ihnen hat und Ihre Besuche genauso schätzt wie ich. Wir würden uns alle freuen, wenn Sie Ostern mit uns auf Longdown Park verbrächten.«

Archibald betrachtete aufmerksam den Gesichtsausdruck seines Freundes. Auch jemand, der unaufmerksamer war als er, hätte schwerlich übersehen können, dass Burlington die Einladung in einer bestimmten Absicht ausgesprochen hatte. Archibald war es gewohnt, denn es kam häufiger vor, als ihm lieb war, dass wohlmeinende Freunde gewisse Ansinnen hegten.

»Mir machen Sie nichts vor, Burlington. Sie führen etwas im Schilde. Also, raus mit der Sprache. Welchem zauberhaften weiblichen Wesen soll ich auf dieser Reise rein zufällig begegnen und vorgestellt werden?«

»Wenn ich so einfach zu durchschauen bin, sollte ich das Kartenspiel lieber aufgeben«, meinte Burlington. »Gut, ich gebe zu, dass es noch einen weiteren – wie Sie richtig vermuten weiblichen und äußerst reizvollen – Grund für meine Einladung gibt.«

Archibald seufzte resigniert.

»Ich weiß Ihr Bemühen um mein seelisches Wohl sehr zu schätzen, lieber Freund, doch Sie wissen auch, dass ich keine Notwendigkeit sehe, mein Junggesellendasein zu beenden. Ich bin mir selbst genug und finde ausreichend sinnvolle Tätigkeiten, mit denen ich Körper und Geist beschäftigen kann. Langeweile ist ein Begriff, der nicht zu meinem Vokabular gehört.«

»Nun, ich denke, es ist weniger die Langeweile, die uns in die Arme der holden Weiblichkeit treibt, nicht wahr?« Burlington zwinkerte ihm zu und lächelte verschmitzt. »Und es gibt gewisse Formen der körperlichen Ertüchtigung, die nicht nur den Kreislauf anregen und der Gesundheit zuträglich sind, sondern durchaus vergnüglich. Sie wissen schon, wovon ich spreche.«

Archibald schüttelte den Kopf. »Ein alter Hammel von über vierzig Jahren hat nicht dieselben Bedürfnisse wie ein junger Hengst, der noch voll im Saft steht, mein Freund. Ich bin zufrieden mit meinem Leben. Und wenn ich dereinst das Zeitliche segne, werde ich es in dem Wissen tun, dass mein

Bruder Reginald mit meinen zahlreichen Neffen und Nichten dafür gesorgt hat, dass Familie und Titel nicht aussterben.«

Der zweifelnde Blick des Freundes entging ihm nicht.

»Und Sie wollen mir weismachen, dass Sie sich tatsächlich niemals einsam fühlen?«

»Ach was! Ich habe Freunde, Burlington«, konterte Archibald.

»Das ist nicht dasselbe. Wenn Sie ehrlich sind, wissen Sie das sehr wohl. Entschuldigen Sie bitte, sollte ich Ihnen mit meiner Bemerkung zu nahe treten, aber Sie schienen mir seinerzeit mit der seligen Lady Beresford sehr glücklich zu sein.«

Archibald schluckte den aufkeimenden Ärger hinunter. Er wusste, dass Burlington es nur gut mit ihm meinte, auch wenn es seiner Meinung nach eine irrige Annahme war, dass es einen anderen Menschen brauchte, um sich vollständig und glücklich zu fühlen. Wenn er an Burlington im Kreise seiner Familie dachte, konnte er dessen romantische Vorstellung durchaus nachvollziehen. Wenn man, wie Burlington, seine Erfüllung in Ehe und Familie gefunden hatte, fiel es womöglich schwer, zu glauben, dass es auch andere Varianten persönlichen Glücks geben konnte. Archibald sagte keineswegs die Unwahrheit, wenn er behauptete, dass er mit seinem Leben zufrieden war. Auch wenn er durchaus einsah, dass eine tiefe Herzensbeziehung zu einer Frau und eine wachsende Familie Quelle der Freude sein konnten. Er war schließlich kein Verächter der Romantik oder der Ehe an sich. Nur für ihn kam es nicht infrage. Nicht nachdem er mit seiner seligen Liz so großes Glück gehabt hatte.

»Natürlich haben Sie recht, lieber Freund. Ich bin dankbar für die gemeinsamen Jahre mit Elizabeth, denn es war, als sei kurze Zeit ein Engel mitten unter uns gewandelt. Und ein günstiges Schicksal vergönnte es mir, von diesem Engel geliebt zu werden. Aber, mit Verlaub, Elizabeth war eine besondere Frau. Sie hatte Geist, Witz, Verstand und hatte es nicht nötig, sich hinter einer Maske zu verbergen oder eine Rolle zu spielen. Nie war sie um einen Rat verlegen. Eitelkeit und Oberflächlichkeit gingen ihr vollkommen ab. So eine Frau finden Sie nicht in jedem Salon.«

»Sie kennen die junge Dame noch nicht, mit der ich Sie bekannt machen möchte.« Burlington lächelte schelmisch. »Miss Theresa Shirley ist eine wahre Pinakothek weiblicher Tugenden. Sie vereint Schönheit, Klugheit und Zurückhaltung. Geistreiche Konversation beherrscht sie ebenso virtuos wie das Pianoforte. Es müsste schon mit dem Teufel zugehen, wenn ihr Charme Sie nicht zu bezaubern vermöchte.«

»Shirley?« Archibald zog eine Augenbraue hoch. »Eine Verwandte Ihrer Gattin?«

»Und wieder haben Sie ins Schwarze getroffen. Miss Shirley ist die jüngere Schwester meiner Frau und meines Erachtens wie für Sie geschaffen, mein Bester. Wir erwarten sie am Sonntag vor Ostern und es war die Idee meiner Frau, eine kleine Dinnerparty zu geben.«

In der Tat, das musste Archibald zugeben, schätzte er Lady Burlington sehr. Sie hatte auf ihn stets den Eindruck einer klugen und bodenständigen Frau gemacht, die seinem Freund eine wunderbare Ehefrau und ihm eine herzliche und angenehme Gastgeberin war. Dass Miss Shirley Lady Burlingtons Schwester war, ließ bei aller Skepsis die Hoffnung aufkommen, dass sie nicht eines jener albernen Dinger war, die ausschließlich mit Äußerlichkeiten befasst waren und jeder noch so albernen Mode folgten. Absolut unerträglich fand Archibald die Angewohnheit vieler junger Frauen, beim Reden mit der Zunge anzustoßen und möglichst kindlich zu klingen. Er konnte beim besten Willen nicht verstehen, warum viele Herren dieses infantile Gelispel reizvoll fanden. Höchstwahrscheinlich entsprang eine solche Zeiterscheinung dem männlichen Drang, als Beschützer der zerbrechlichen Weiblichkeit in Erscheinung treten zu wollen. Auch wenn manch zartes Pflänzchen durchaus reizvoll anzusehen war, so bevorzugte er robustere Gewächse. Er brauchte keine Frau, deren *Nerven* steter Schonung bedurften und die ein Fingerabdruck auf dem Silber beim Dinner an den Rand eines hysterischen Anfalls brächte. Nein, er war überzeugt, das Glück, von einem solch vollkommenen Wesen wie seiner seligen Elizabeth geliebt zu werden, hatte er nur einmal im Leben verdient. Eine Frau wie sie suchte man in den Salons der besseren Gesellschaft vergebens. Dennoch wollte er den Freund nicht vor den Kopf stoßen. Die Höflichkeit gebot es, die Einladung anzunehmen. Burlington musste schließlich nicht wissen, dass er nicht gedachte, sich in eine Verbindung mit Miss Shirley drängen zu lassen. Er würde die angenehme Gesellschaft genießen und anschließend zu seinem gewohnten, eingespielten Junggesellenleben zurückkehren.

»Nun gut, Burlington. Sie haben mich überredet. Richten Sie Ihrer Gattin meinen herzlichen Dank aus und sagen Sie ihr, dass ich mich außerordentlich auf meinen Aufenthalt auf Longdown Park freue.«

KAPITEL 3

Ehrgeizige Pläne

Lady Catherine Burlington vermied es, ihr Elternhaus zu besuchen, und sie sah dem Besuch ihrer Mutter und Schwester auf Longdown Park mit einiger Sorge entgegen. Deswegen hatte sie sich angeboten, die beiden abzuholen. Auf diese Weise ersparte sie Theresa eventuell die volle Wucht von Mamas Ermahnungen. Catherine kannte deren Ehrgeiz zur Genüge. Seit sie durch ihre Heirat mit dem Earl of Burlington zu Wohlstand, Titel und Ansehen gekommen war, benutzte Mama sie als leuchtendes Beispiel, das sie ihren jüngeren Schwestern bei jeder Gelegenheit vorhielt. Dabei war Edith gerade einmal vierzehn Jahre alt, und auch bei der siebzehnjährigen Theresa drängte die Zeit für eine feste Bindung noch längst nicht. Bisweilen wünschte sich Catherine, in bescheidenere Verhältnisse geheiratet zu haben, einen Geistlichen, den jüngeren Sohn eines Adligen, jemanden, der nicht die Ambition ihrer Mutter geweckt hätte, ihre Töchter über deren Verhältnissen zu vermählen. Catherine hatte keineswegs des Vermögens oder Titels wegen geheiratet und hielt es auch nicht für ratsam, das Augenmerk einzig darauf zu legen. Lord Burlington brachte ihr Achtung und Respekt entgegen. Ein solches Glück, das wusste Catherine, wurde nicht jeder Frau zuteil, die eine finanziell und gesellschaftlich nutzbringende Ehe einging. Es war natürlich geboten, bei der Wahl eines Ehemannes eine gewisse Vernunft walten zu lassen und auch die Vermögensverhältnisse im Blick zu behalten. Jedoch hätte Catherine ein bescheidenes Auskommen an der Seite eines zugewandten und liebenswerten Mannes jederzeit einer lieblosen Vernunftehe vorgezogen. Es wäre für sie nie in Frage gekommen, nurmehr als Zierrat und Garant für den Fortbestand einer hochnoblen Linie zu dienen. Titel und Vermögen waren gewiss angenehm, jedoch keine alleinige Basis für eheliches Glück. Zu Recht befürchtete sie, dass ihre Verbindung mit dem Earl of Burlington ihre Mutter ermutigt hatte, ihre Ziele höher zu stecken, als es für ihre Schwestern von Vorteil gewesen wäre. Mama hatte das Kapital erkannt, das in der überdurchschnittlichen Schönheit ihrer drei Töchter lag, und war fest entschlossen, es gewinnbringend einzusetzen.

Umso mehr hoffte Catherine, dass ihr Bemühen, sich als Ehestifterin zu betätigen, von Erfolg gekrönt sein würde. Mama würde ohnehin nichts unversucht lassen, Theresa einem wohlhabenden Junggesellen aus Burlingtons Bekanntenkreis aufzunötigen. Also würde sie ein wenig nachhelfen, dass die Wahl wenigstens auf einen anständigen und liebevollen Mann fallen würde.

Als Catherine in Warlingham eintraf, war ihre Mutter bereits in heller Aufregung. Wie eine aufgebrachte Elster sprang sie zwischen Kästen und Koffern umher und herrschte dabei die Dienerschaft an.

»Endlich!«, rief sie anstelle einer Begrüßung. »Ich dachte schon, du hättest uns vergessen.«

Hinter ihrem Rücken äffte Theresa sie nach, was Catherine zum Lachen brachte.

»Ich weiß nicht, worüber du dich so amüsierst. Es ist von äußerster Wichtigkeit, dass wir uns nicht blamieren und Theresa von Anfang an einen makellosen Eindruck hinterlässt. Es reicht schon, dass sie in Gesellschaft für gewöhnlich stumm ist wie ein Fisch. Der Marquess ist gewiss ein anderes Betragen von den Damen in seiner Umgebung gewohnt. Ich werde nicht zulassen, dass du die Zukunft deiner Schwester leichtfertig aufs Spiel setzt.«

»Selbstverständlich nicht, Mama«, entgegnete Catherine artig, bemüht, das Lachen zu unterdrücken, während Theresa weiterhin Grimassen schnitt. Binnen Sekunden wechselte ihr Gesichtsausdruck zu einem unschuldigen Lächeln, als die Mutter sich zu ihr umwandte.

»Und du, Theresa, wirst dich gefälligst zusammenreißen. Natürlich will kein Mann ein Plappermaul, aber du solltest dich schon ein wenig bemühen, unterhaltsam zu sein.«

Als das Gepäck verstaut war und die Damen im Fond der Kutsche Platz genommen hatten, spiegelte sich Erleichterung in den Gesichtern der zurückbleibenden Dienstboten sowie der jungen Edith, an der dieser Kelch fürs Erste noch einmal vorübergegangen war. Sie blieb in der

Obhut ihrer Gouvernante zurück und würde die längere Abwesenheit der Mutter sicherlich genießen.

»Nun musst du mir aber alles erzählen, was du über den Marquess of Beresford weißt, Catherine«, drängte Theresa, kaum dass die Kutsche losgerollt war.

»Nun, von allen Freunden Burlingtons ist mir Lord Beresford der liebste. Er ist ein äußerst angenehmer Gast, höflich, aufmerksam und zurückhaltend und sehr belesen.«

»Nicht zu vergessen, dass allein sein Anwesen und die Ländereien in Kent ihm zwanzigtausend Pfund im Jahr einbringen«, betonte ihre Mutter.

»Natürlich, Mama. Er ist auch sehr vermögend.« Catherine wusste, es war weit weniger anstrengend, ihrer Mutter recht zu geben und sie bei Laune zu halten, als ihr zu widersprechen.

»Er ist in jeder Hinsicht ein Gentleman, wie er im Buche steht«, fuhr sie fort. »Auch Menschen von niedrigerem Stand behandelt er stets mit Respekt.«

»Ja, aber ist er nicht ein wenig …« Theresa suchte offenbar nach einer höflichen Formulierung. »Ist er nicht zu alt?«

»Jung ist er nicht«, gab Catherine sich diplomatisch. »Er ist ein Mann mit Lebenserfahrung und einem hohen Maß an geistiger und sittlicher Reife.«

Diese Aussage schien Theresa nicht zu beruhigen. »Ja, ja, das glaube ich dir unbesehen. Ich meinte vielmehr … Er ist doch wohl noch kein Greis, nicht wahr? Sieht er gut aus? Macht er etwas her?«

»Was spielt es denn für eine Rolle, wie er aussieht?«, mischte sich Mrs Shirley ein, bevor Catherine antworten konnte. »Du hast doch gehört, was deine Schwester über ihn gesagt hat. Er ist ein Gentleman von tadellosem Charakter und verfügt über ein ansehnliches Vermögen. Willst du dich da tatsächlich mit derlei Eitelkeiten befassen?«

»Nein, Mutter. Selbstverständlich nicht.« Wie Catherine vermied es auch Theresa, ihrer Mutter zu widersprechen.

»Er hat volles Haar, und es ist noch fast ganz dunkel«, beeilte sich Catherine, etwas Schmeichelhaftes über den Marquess zu sagen. Allerdings war Lord Beresford kein ausgesprochen schöner Mann. Durchaus eine stattliche Erscheinung und nicht unansehnlich, jedoch äußerlich gewiss nicht dazu angetan, ein siebzehnjähriges Mädchen ins Schwärmen zu bringen. Catherine baute allerdings darauf, dass der Marquess die Sympathie ihrer Schwester durch seinen besonderen Charme und seine Freundlichkeit gewinnen würde, so wie er sie selbst für sich eingenommen hatte. Vorausgesetzt es gelänge ihr, das Interesse Lord Beresfords für ihre Schwester zu wecken. Dies erschien ihr derzeit die weit größere Herausforderung und sie hoffte, dass sie Theresa mit dem Vorschlag, sie dem Marquess vorzustellen, nicht noch mehr Ärger mit Mama eingebrockt hatte. Für die schien es nämlich ausgemachte Sache zu sein, dass Theresa Lord Beresford mit Liebreiz, Schönheit und guter Erziehung im Sturm erobern und somit in absehbarer Zeit auch Tochter Nummer zwei erfolgreich vermählt sein würde.

KAPITEL 4

Frühjahrsspaziergang

»Ihre Teebrötchen sind immer wieder ein Genuss, Annesley.«
Dorothy lächelte der Haushälterin der Dallaways zu und sah,
wie ein freudiges Lächeln das Gesicht der treuen Seele zum
Strahlen brachte. »Eine Köstlichkeit, auf die ich mich immer
wieder freue, wenn ich nach Oakham komme.«

Annesley war anzusehen, dass sie mit sich rang, um
ihren Stolz nicht zu deutlich zu zeigen. Sie knickste verlegen.

»Vielen Dank, Mrs Collingwood. Es freut mich, dass sie
Ihnen so gut schmecken.«

»Ja, unsere Annesley macht das Leben für uns alle jeden
Tag aufs Neue etwas lebenswerter«, stimmte Francis
Dallaway in den Lobgesang seiner Vorrednerin ein und
Annesley errötete heftig.

»Vielen Dank, Sir. Sie erlauben, dass ich mich
zurückziehe? Sonst steigt mir das viele Lob womöglich noch
zu Kopfe.« Sie lachte.

»Natürlich, Annesley. Gehen Sie nur. Wir haben alles.
Vielen Dank.« Mary Dallaway begann, den Tee
einzuschenken.

»Es freut mich, dich so erholt und guter Dinge zu sehen, Francis.« Dotty nahm die Tasse entgegen und schenkte Mr Dallaway ein aufmunterndes Lächeln.

»In der Tat«, bestätigte der. »Ich fühle mich viel kräftiger. Das macht gewiss der Frühling. Die Sonne weckt die Lebensgeister. Ich freue mich darauf, meinem Krankenzimmer zu entkommen und mich hinauszuwagen.«

»Bist du sicher, Papa?«, fragte Evelyn, die jüngere der beiden Misses Dallaway, mit einem besorgten Blick. »Fühlst du dich wirklich kräftig genug, uns zu begleiten?«

»Aber natürlich. Mr Hammond ist der Ansicht, dass moderate Bewegung meiner Gesundheit zuträglich ist. Wir werden langsam und gemächlich gehen. Und wenn ihr beiden mich in eure Mitte nehmt, wird mir allein der Stolz über meine wunderhübschen Töchter ungeahnte Kräfte verleihen.« Francis Dallaway lachte. »Wir wollen gleich aufbrechen, wenn Philip von seiner Reitstunde zurück ist. Um diese Zeit im Jahr muss man jeden Sonnenstrahl nutzen.«

Dorothy freute sich, Francis so aufblühen zu sehen. Im vergangenen Winter hatten sie alle sehr um Marias Mann gebangt, dessen schwaches Herz ihn um die Weihnachtstage herum zu einer ausgedehnten Bettruhe gezwungen hatte.

»Nun, wenn Mr Hammond es ausdrücklich erlaubt, freue ich mich, wenn du uns begleitest, Francis«, verkündete Dorothy.

»Wir werden darauf achtgeben, dass du dich nicht überanstrengst, Papa«, sagte Clara, die ältere Tochter, in gespielt strengem Ton.

»Ich kann es kaum erwarten, ins Grüne zu kommen«, rief Mr Dallaway erfreut. »Wenn man ans Haus gefesselt ist, wird einem die Zeit doch mitunter lang.«

So brachen sie nach dem Tee auf. Philip mit seinen langen Beinen und seinem jugendlichen Ungestüm vorneweg, dahinter folgten munter schwatzend Dorothy und ihre Cousine. Francis Dallaway, eingerahmt von seinen zwei hübschen Töchtern, bildete die Nachhut.

Sie folgten dem Kiesweg zum seitlichen Tor und verließen den von hohen Hecken gesäumten Garten. Von dort ging es leicht bergauf, vorbei an dem Fachwerkhäuschen, in dem der Verwalter lebte. Dorothy verlangsamte ihre Schritte ein wenig, in Sorge, der leichte Anstieg könne Francis überanstrengen. Doch der schien bester Laune und voll wiedererwachtem Elan und stieg mit ausgreifenden Schritten am Arm seiner Töchter hügelan auf das kleine Wäldchen auf der Hügelkappe zu.

»Wir wollen nach Banstead laufen«, verkündete er fröhlich, während sie das schattige Waldstück durchquerten. »Wenn wir Glück haben, blühen bereits die Bluebells.«

»Ist das nicht zu beschwerlich? Mr Hammond sagte, du solltest dich nicht so sehr verausgaben«, gab Dorothy zu bedenken.

»Ach was!«, rief Francis. »Bis Banstead ist es nicht weit und wir werden langsam gehen. Es tut so gut, die Sonne im Gesicht zu spüren und überall das Grün sprießen zu sehen. Ich fühle mich wie ausgewechselt. Seid doch nicht so streng mit mir.«

»Also gut«, gab Maria nach. »Wir gehen nach Banstead. Aber wir werden zwischendurch rasten, und du wirst uns sofort Bescheid geben, wenn du dich nicht wohlfühlst. Du wirst nicht den Tapferen spielen und dein Leben riskieren. Beim ersten Anzeichen von Erschöpfung werden wir sofort umkehren!«

»Zu Befehl, Frau Generalin!« Francis Dallaway lachte und alle stimmten ein. Der Weg schlängelte sich zwischen von Hecken und niedrigen Mauern aus Feldsteinen gesäumten Feldern und Wiesen hindurch, vorbei an Obstwiesen, an deren Bäumen sich bereits erste zarte Blüten der kräftigen Aprilsonne entgegenreckten. Wann immer sich Gelegenheit zur Rast bot, hielten sie kurz inne.

Auf diese Weise kamen sie nur langsam voran, doch schließlich erreichten sie den Rand des Waldes von Banstead.

»Tatsächlich! Sieh nur, Papa! Die ersten Bluebells.« Evelyn eilte voraus, um gleich einige der hübschen blauen Blumen zu pflücken.

Francis Dallaway nahm auf einem Baumstumpf Platz und sah seiner Tochter dabei zu, während die anderen noch ein Stück weiter dem Weg unter das schattenspendende, lichtgrüne Blätterdach des Laubwäldchens folgten. Die

Stimmung war ausgelassen, und Dorothy spürte abermals die erwartungsvolle Unruhe, die sie bereits beim Betrachten des neuen Ballkleids befallen hatte. Der hoffnungsfrohe Gesang der Vögel, das allgegenwärtige Erwachen der Natur, das Drängen und Sprießen schienen ansteckend zu sein wie ein Fieber, das nun auch von ihr Besitz ergriffen hatte. Auch wenn der Frühling ihres Lebens lang zurücklag, ähnelte dieses Gefühl jenem, das sie vor dreizehn Jahren verspürt hatte, als sie offiziell in die Gesellschaft eingeführt und Henry Collingwood vorgestellt worden war. Eine glückliche und unbeschwerte Zeit, die so unwiederbringlich verloren war, dass es Dorothy schien, als wollten ihre Empfindungen sie verspotten, indem sie ihr vorgaukelten, noch immer die siebzehnjährige Debütantin mit der verheißungsvollen Zukunft zu sein.

»Woran denkst du?«, riss Marias Stimme sie aus ihren Grübeleien. »Du wirkst bedrückt.«

»Ach, es ist nichts. Nur so ein albernes Gefühl. Als ob bald etwas Unerwartetes geschehen wird.« Dorothy winkte ab und lachte. »Ich klinge schon wie die alte Handleserin damals auf dem Jahrmarkt in Tunbridge Wells. Erinnerst du dich?«

Maria lachte. »Selbstverständlich. Sie prophezeite, ich würde niemals heiraten und stets auf die Großzügigkeit meiner Verwandten angewiesen bleiben. Ich war vollkommen verzweifelt. Und ich erinnere mich, dass du es warst, die mir den Kopf zurechtgerückt hat. Du sagtest, es gebe kein festgelegtes Schicksal, dem wir hilflos ausgeliefert seien. Wir hätten selbst in der Hand, welchen Verlauf unser Leben nehmen würde. Und du hast recht behalten. Du warst schon immer ein kluger Kopf, Dorothy.«

»Komm, wir wollen umdrehen. Es ist dunkler geworden. Mir scheint, es hat sich zugezogen. Außerdem wartet Francis gewiss schon auf uns. Philip, Clara, kommt, wir machen uns auf den Heimweg.«

Als sie aus dem Schutz der Bäume ins Freie traten, mussten sie feststellen, dass Dorothy recht hatte. Wolken waren aufgezogen und hatten die Sonne verdeckt.

Philip kniff die Augen zusammen und sah zum Himmel auf.

»Es sieht nach Regen aus«, stellte er fest. »Wir sollten zusehen, dass wir es rechtzeitig ins Trockene schaffen.«

»Ohne die Sonne ist es recht frisch. Ich hoffe, ihr verkühlt euch nicht. Evelyn, vielleicht hättest du doch noch die Pelisse überziehen sollen.« Maria sah besorgt aus. Ihre Jüngste neigte dazu, sich zu luftig anzuziehen, wenn man nicht achtgab.

»I wo, Mama. Gewiss verziehen sich die Wolken genauso schnell, wie sie gekommen sind.« Evelyn winkte ab. Der einsetzende Regen sollte ihre Zuversicht Lügen strafen. Sie beschleunigten ihre Schritte, was Francis rasch ans Ende seiner Kräfte brachte.

»Geht ihr nur voran.« Er keuchte. »Ich muss mich ein wenig ausruhen.«

Clara riss erschrocken die Augen auf. »Du bist ganz blass, Papa!«

»Es ist alles gut, ich muss nur ein wenig rasten«, beschwichtigte Francis. Maria tauschte einen besorgten Blick mit Dorothy. Die fühlte sich schuldig. Immerhin hatte sie den Spaziergang vorgeschlagen. Hatten sie Francis zu viel zugemutet?

»Kinder, lauft voraus und schickt Thomas«, rief sie und hakte Francis unter, um ihn zu stützen. »Er soll uns mit dem Wagen entgegenkommen und oben an der Biegung warten. Bis dahin werden wir es hoffentlich schaffen.« Inzwischen prasselte der Regen in schweren Tropfen vom Himmel. Langsam, um Francis nicht unnötig anzustrengen, setzten sie ihren Weg fort, als Dorothy plötzlich entfernte Hufschläge bemerkte.

»Reiter, Maria! Ich höre Reiter! Ich werde versuchen, sie auf uns aufmerksam zu machen.«

Rasch verließ sie Francis' Seite, um ein Stück die Böschung hinaufzulaufen.

»Heda! He! Hallo!«, rief sie und winkte mit den Armen. »Wir brauchen Hilfe!«

KAPITEL 5

Jungfer in Not

»Das war ein ausgezeichneter Lunch, mein Freund. Ich fürchte, wenn ich mich nicht zügle, werde ich nach diesem Besuch auf Longdown Park meinen Schneider aufsuchen müssen, weil ich aus allen Nähten platze.« Archibald lachte und strich sich zufrieden über den Bauch.

»Dem werden wir entgegenzuwirken wissen, Beresford, denn ich gedenke, Sie später zu einem Ausritt zu überreden. Ich habe diese wunderbare neue Fuchsstute erstanden, die dringend bewegt werden möchte.«

»Da braucht es nicht viel, um mich zu überzeugen, Burlington. Ein Blick aus dem Fenster genügt. Es verspricht ein herrlicher Nachmittag zu werden. Ein Ausritt wird uns guttun.«

»Wir sollten nur nicht zu spät zurück sein. Lady Burlington ist gewiss bereits auf dem Rückweg von Warlingham, wo sie meine Schwiegermutter und eine gewisse junge Dame abgeholt hat. Wir werden heute Abend noch weitere Gäste haben. Meine Frau hat einige Nachbarn eingeladen. Unser Pfarrer Mr Woodcock, Sir Henry Stickland sowie Lady Pinkney werden zum Dinner kommen.«

»Wohl, um den Umstand zu verbergen, dass Sie mich mit der bedauernswerten Miss Shirley zu verkuppeln gedenken.« Archibald lachte und schlug seinem Freund auf die Schulter. »Nun, ich werde mir alle Mühe geben, mir nichts anmerken und es dennoch an Aufmerksamkeit der jungen Dame gegenüber nicht mangeln zu lassen. So sind Sie aus dem Schneider und müssen keine Schelte von Lady Burlington befürchten, weil Sie mir ihre Absichten bereits gestanden haben.«

Als sie ins Herrenzimmer hinübergingen, um sich dort etwas Ruhe und ein Pfeifchen zu gönnen, ließ Burlington den Stallburschen anweisen, die Pferde für ihren späteren Ausritt zu satteln. Es dauerte nicht lange, bis der Butler vermeldete, dass die Tiere bereitstünden. Und so traten sie hinaus in den herrlichen Sonnenschein.

»Das ist sie! Meine Banshee. Haben Sie je ein harmonischer proportioniertes Pferd gesehen? Ein wunderbar langer, schlanker Hals, muskulöser Widerrist, einfach absolute Perfektion, nicht wahr?«

»In der Tat ein prachtvolles Tier«, lobte Archibald pflichtschuldig die Neuerwerbung seines Freundes, eine hübsche junge Fuchsstute mit dichter, heller Mähne, Stern und weißen Stiefeln. Obwohl er gern ausritt und selbstverständlich eine Reihe eigener Pferde besaß, war Archibald kein ausgesprochener Pferdenarr und konnte die

Begeisterung seiner Freunde für Pferde und die dazugehörigen Fuhrwerke nur schwer nachvollziehen. Ihm reichte es, wenn der Gaul gesund war und ihn trug, ohne ihn abzuwerfen, und auch bei einer Kutsche interessierten ihn mehr deren Zweckdienlichkeit, Bequemlichkeit und Zuverlässigkeit als die Tatsache, dass man damit halsbrecherische Geschwindigkeiten erreichen oder junge Damen beeindrucken konnte. Dennoch freute er sich auf den Ausritt und nahm es als Kompliment, dass Burlington ihn Banshee reiten ließ, während er selbst sich mit seinem treuen Schimmel Merlin zufriedengab.

»Nun denn, ich hoffe, Sie haben bei Banshee zuvor ein gutes Wort für mich eingelegt und sie wirft mich nicht ab.«

»Gewiss nicht. Sie ist gut zugeritten und nicht besonders schreckhaft. Sie werden sehen, sie lässt sich wunderbar reiten. Ich schlage vor, dass wir uns Richtung Banstead halten. Das Gelände ist für einen Ausritt sehr dankbar und die Landschaft hat Ihnen bei Ihrem letzten Besuch so gut gefallen.«

Sie saßen auf und ritten los. Burlington hatte nicht zu viel versprochen. Banshee ließ sich ausgezeichnet reiten und Archibald war froh, seinen Freund über die Ostertage aufs Land begleitet zu haben, anstatt die Sitzungspause des Parlaments allein unter Junggesellen in den Londoner Clubs zu verbringen. Wer Familie hatte, wie Burlington, verbrachte diese Zeit zumeist im Kreise der Seinen. Zurück blieben hauptsächlich hartgesottene Hagestolze, die nicht müde wurden, über das Joch der Ehe zu schimpfen und Lobgesänge auf ihre Junggesellenfreiheit zu singen. Sie zechten, spielten und poussierten mit leichten Damen herum, während jene, deren Werben von der Dame ihres Herzens nicht erhört worden war, sich in beständigem Lamento schwermütig dem Alkohol hingaben. Archibald war sich nicht sicher, wer schwerer zu ertragen war, die Weinerlichen oder die Wüsten. Insofern war ein Ausritt durch die erblühende Frühlingslandschaft gewiss erquicklicher. Er genoss den Wind in den Haaren, die reine Luft – von der es in London stets zu wenig zu geben schien – und die warmen Strahlen der Aprilsonne im Gesicht. Burlington hatte der sportliche Ehrgeiz ergriffen. Er gab Merlin die Sporen und preschte voraus, und heute war Archibald in Stimmung, die Herausforderung anzunehmen. Erst als die ersten Tropfen sein erhitztes Gesicht trafen, blickte Archibald zum Himmel und bemerkte, dass sich Wolken vor die Sonne geschoben hatten und Wind aufgekommen war.

»Wir sollten umkehren, es regnet«, rief er. Auch Burlington hatte es offenbar bemerkt, denn er war langsamer geworden und schaute über die Schulter zu ihm herüber.

»So ein paar Tropfen Wasser werden uns doch nicht schrecken, alter Freund. Kommen Sie, wir wollen noch bis zum Waldrand reiten. Ich wette, Sie holen mich nicht noch einmal ein.« Damit gab er Merlin die Sporen und stob davon. Archibald trieb Banshee an, denn nun hatte Burlington seinen Ehrgeiz geweckt, und es gelang ihm, aufzuholen. Sie hatten die Anhöhe erreicht, bei der die Banstead Woods begannen, und fast hatte er Burlington eingeholt, als er entferntes Rufen vernahm.

»Halt! Hören Sie das? Da ruft jemand.« Er war nun mit dem Freund auf einer Höhe.

»Damit tricksen Sie mich nicht aus, Beresford«, rief der und lachte. Dann jedoch wurde auch er langsamer. Inzwischen fiel der Regen in dichten Fäden und es war merklich kühl geworden. »Potztausend! Sie haben recht. Da ruft tatsächlich jemand. Eine Dame, wenn mich nicht alles täuscht.«

»Nun, dann ist es wohl unsere ritterliche Pflicht, nachzusehen, nicht wahr?« Archibald lenkte Banshee in die Richtung, in der er die Quelle der Rufe vermutete. Und tatsächlich, über dem Rand der Böschung tauchten kurz darauf Kopf und Schultern einer Dame auf. Sie reckte die Arme über den Kopf und winkte mit ausladenden Gesten, um auf sich aufmerksam zu machen.

»Heda! He! Hallo! Wir brauchen Hilfe!«

Archibald überholte Burlington und sah, wie die Dame die Röcke raffte und sich weiter die Böschung hinaufkämpfte.

»Bleiben Sie unten, Madam! Wir kommen zu Ihnen!«, rief Archibald noch, als die Frau auf dem nassen Gras ins Rutschen geriet und hangabwärts schlitterte.

Als Archibald den schmalen Sandweg unterhalb der Böschung erreichte, rappelte sich die Dame auf und betastete ihren Knöchel.

»Sind Sie verletzt, Madam?« Er hielt an und stieg ab.

»Nein, es geht schon. Ich habe mir nur ein wenig den Fuß verdreht. Aber der Mann meiner Cousine braucht Hilfe. Ich fürchte, er hat einen Schwächeanfall.«

Nun sah Archibald die zweite Dame, die um einen Herrn bemüht war, der ein Stück weiter gegen den Stamm einer kleinen Birke gelehnt stand.

»Gestatten, Archibald Fitzharding, Marquess of Beresford. Bitte erlauben Sie uns, dass wir Ihnen helfen.«

Ein verlegener Ausdruck zeigte sich auf dem Gesicht der Jungfer in Not, und sie knickste kurz.

»Sehr verbunden, Mylord.« Sie erklärte, wie sie in die missliche Lage geraten waren und dass sie Hilfe brauchten, es mit Mr Dallaway zur Straße zu schaffen, wo ein Wagen auf sie warten würde.

»Glauben Sie, Mr Dallaway ist kräftig genug, um sich im Sattel zu halten?«, fragte Burlington.

»Ich denke schon.«

Mit vereinten Kräften halfen sie dem dankbaren Mr Dallaway in den Sattel, und Burlington führte Merlin am Zügel.

Archie führte Banshee ebenfalls, während die Dame, die um Hilfe gerufen hatte, neben ihm lief.

»Bitte verzeihen Sie, Mylord. In der Aufregung war noch gar keine Zeit für eine angemessene Vorstellung. Mrs Dorothy Collingwood, meine Cousine Mrs Maria Dallaway und ihr Gatte Mr Francis Dallaway.«

»Hocherfreut, Madam. Dann lassen Sie mich auch meinen Freund vorstellen: David Vaughan, Earl of Burlington.«

Mrs Collingwood lächelte. »Es ist mir eine Ehre, Ihre Bekanntschaft zu machen. Allerdings ist es mir äußerst unangenehm, dass wir Ihnen solche Umstände bereiten, Gentlemen. Gewiss waren Sie bei dem Regen auf dem Heimweg, nicht wahr?«

»Machen Sie sich keine Gedanken, Madam. Wir sind robust. Ein wenig Regen wird uns nicht schaden. Ich sorge mich vielmehr um Ihren Fuß. Sie scheinen nicht richtig auftreten zu können.«

»Es wird nichts Schlimmes sein«, wehrte sie lächelnd ab. »Morgen springe ich wieder herum wie ein junges Fohlen. Und robust bin ich auch. Auf dem Land ist man hart im Nehmen, nicht wahr?«

Archibald schmunzelte. Offenbar verfügte Mrs Collingwood über ein heiteres Wesen, wenn weder der Regen noch die Sorge um Mr Dallaway ihr das Lachen vergällen konnten. Zudem war es ein äußerst anziehendes Lachen, wie Archibald feststellte. Wie überhaupt ihre gesamte Erscheinung überaus anziehend war. Mr Collingwood war offenbar ein Glückspilz. Doch er verbot sich, weiter darüber nachzudenken. *Du sollst nicht begehren deines Nächsten Weib, Beresford! Überhaupt ist Begehren meist der Anfang allen Übels.*

»Gottlob scheint es Mr Dallaway besser zu gehen«, beeilte er sich zu sagen, denn der saß nun aufrechter im Sattel und schien sich zu erholen.

»Es war wohl nur ein vorübergehender Schwächeanfall. Ich mache mir Vorwürfe, denn der Spaziergang war meine Idee. Offenbar hat er ihn doch zu sehr angestrengt. Der Arzt hat moderate Bewegung empfohlen, aber womöglich war es nach Banstead doch zu weit. Und natürlich hatten wir nicht mit dem plötzlichen Schauer gerechnet. Wir sind Ihnen zu großem Dank verpflichtet für Ihre Hilfe.«

»Aber das ist doch selbstverständlich. Sie sollten sich keine Vorwürfe machen. Sie haben lediglich den Rat des Arztes befolgt und der plötzliche Wetterumschwung hat uns schließlich alle überrascht.«

»Da haben Sie recht, Mylord«, entgegnete Mrs Collingwood. »Ich nehme an, Sie sind nicht aus der Gegend?«

»Nein, mein Anwesen liegt in Kent und derzeit hielte ich mich in meiner Londoner Stadtwohnung auf, wenn mein lieber Freund Burlington mich nicht eingeladen hätte, ihn über Ostern auf Longdown Park zu besuchen.«

»Oh! Dann möchte ich mich hochoffiziell für unser Wetter entschuldigen, das Ihnen den Ausritt verleidet.« Mrs Collingwood schenkte ihm ein Lächeln, das ihn zu seiner eigenen Überraschung verlegen werden ließ. »Es ist nicht immer so wechselhaft. Gewiss werden Sie über Ostern wieder sonnigere Tage haben.«

Er wich ihrem Blick aus. Irgendetwas hatte diese Frau an sich, das ihn in Unruhe versetzte.

»Versprechen Sie nicht zu viel, sonst werde ich Sie persönlich verantwortlich machen, sollte es weiter regnen.«

Zügle dich, Beresford! Das klingt ja, als wolltest du mit ihr anbandeln. Höflich. Zurückhaltend. Kein Geplänkel.

»Das dürfen Sie, Mylord. Ich bin mir meiner Sache sicher, dass es bald wieder schön wird. Es muss, denn wir sind nach Ostern auf einen Ball eingeladen.«

»Dann wird es gewiss sonnig. Hoppla!«

Mrs Collingwood war mit dem verletzten Fuß erneut umgeknickt und wäre gestürzt, hätte Archibald sie nicht gerade noch rechtzeitig gehalten.

»Bitte verzeihen Sie, Mylord. Offenbar ist der Knöchel noch ein wenig instabil.«

Schweigend bot Archibald ihr den Arm und sie hakte sich unter. Er kam sich seltsam unbeholfen vor. Was war nur mit ihm los? Wie konnte er sich von einem Paar blauer Augen, einer hübschen Figur und einem strahlenden Lachen nur derart aus der Ruhe bringen lassen, noch dazu von einer verheirateten Frau?

»Zum Glück ist es nicht mehr weit bis zur Straße und dort wird Thomas uns auflesen und nach Oakham House bringen. Dann kann ich dem Fuß ein wenig Ruhe gönnen, bevor ich mich auf den Heimweg mache.«

»Dann wohnen Sie nicht in Oakham House? Haben Sie es denn weit nach Hause?«

»Nein, nein. Bramble Cottage liegt ganz in der Nähe. Man läuft keine fünf Minuten. Das ist auch mit einem verdrehten Fuß noch zu bewältigen.« Sie lachte. »Als mein Mann noch lebte, haben wir in Coulsdon gewohnt. Da hätte ich mich wohl von Thomas fahren lassen müssen.«

Als mein Mann noch lebte. Archibalds Herzschlag beschleunigte sich merklich, als die Bedeutung dieser Worte in sein Bewusstsein drang, und er ärgerte sich über seine Reaktion. *Na prosit!* Er hätte wohl doch in London bleiben sollen. Der Frühling auf dem Lande schien ihm nicht zu bekommen. Als ob es nicht reichte, dass Burlington und seine Frau es sich in den Kopf gesetzt hatten, ihm eine neue Ehefrau zu suchen, nun ließ er sich auch noch von einer attraktiven jungen Witwe um den lieben Seelenfrieden bringen. Nur gut, dass sie bald beide ihrer Wege gehen würden und er weder Gelegenheit noch Grund hatte, nähere Bekanntschaft mit Mrs Collingwood zu schließen. Der Verkupplungsversuche seiner Gastgeber würde er sich schon zu erwehren wissen und nach Ostern würde das Leben wieder seinen gewohnten Gang gehen. So, wie er es am liebsten hatte.

KAPITEL 6

Ackergaul und Vollblut

Dotty, deren verletzter Fuß von Annesley liebevoll auf ein
Kissen gebettet und mit einem kalten Arnika-Umschlag
versorgt worden war, hörte Schritte die Treppe
herunterkommen und kurz darauf ihre Cousine und Mr
Hammond in der Eingangshalle.

»Vielen Dank, Sir. Das beruhigt mich. Wir werden in
Zukunft besser aufpassen, dass er sich nicht überanstrengt.
Ich bin Ihnen sehr dankbar, dass Sie hergekommen sind.«

»Aber das ist doch selbstverständlich, Mrs Dallaway.
Und seien Sie unbesorgt. Eine gute Portion Schlaf und täglich
von dem Tonikum und Ihr Gatte wird bald wieder bei
Kräften sein.«

Dotty atmete auf. Sie hielt viel von Mr Hammond, auch
wenn er kein Arzt im eigentlichen Sinne war, sondern
Apotheker. Einen studierten Doktor suchte man in dieser
ländlichen Gegend wohl vergeblich, dafür hätte man nach
Croydon oder Sutton fahren müssen. Doch Mr Hammond

war gebildet, bemüht und nahm sogar kleinere chirurgische Eingriffe vor. Mit seinen Diagnosen behielt er meistens recht und seine Tinkturen, Salben und Pulver brachten immer Linderung. Es beruhigte sie, ihn so zuversichtlich zu hören, denn noch immer fühlte sie sich schuldig.

Kurz darauf trat Maria in den Salon.

»Francis schläft. Ich habe Clara gebeten, noch ein Weilchen bei ihm sitzen zu bleiben. Aber es geht ihm schon viel besser und Mr Hammond sagt, er wird sich rasch erholen. Wie geht es deinem Fuß?«

»Solange ich ihn nicht bewege, schmerzt er nicht mehr. Annesley hat Eis zum Kühlen gebracht, damit er nicht weiter anschwillt.«

»Soll ich dir das Gästezimmer richten lassen?«

Dorothy winkte ab. »Das ist lieb von dir, aber ich möchte keine Umstände machen. Ich habe schon genug Schaden angerichtet. Für den Heimweg sollte es gehen.«

»Ach Dotty, es war doch nicht dein Fehler. Francis hat den Spaziergang sehr genossen. Der Regen war schuld, dass er sich übernommen hat.«

Maria zog einen Sessel heran und nahm neben ihr Platz.

»Nun musst du mir aber unbedingt erzählen, was du mit dem Marquess geplaudert hast,« sagte sie in verschwörerischem Tonfall. »Es sah ja recht vertraulich aus.«

»Ach was, vertraulich!«, wehrte Dorothy ab. »Er war so galant, mir den Arm zu bieten, damit ich nicht noch einmal umknicke, weiter nichts. Ich habe mich für die Hilfe bedankt und er erzählte, dass er über Ostern zu Gast bei Lord und Lady Burlington auf Longdown Park ist. Nur ein wenig höfliche Konversation über das Wetter und die unglücklichen Umstände, nichts Verfängliches wurde gesprochen, liebe Cousine.«

Maria sah beinahe enttäuscht aus. »Ich bleibe dabei«, sagte sie schließlich. »Du hast ihm gefallen, dem Marquess.«

Nun musste Dorothy herzlich lachen. Inzwischen gab sie sich keine Mühe mehr, es zu unterdrücken. Ihre selige Mutter hatte immer mit ihr geschimpft, weil es sich für ein gesittetes Mädchen nicht gehörte, so laut zu lachen. Doch wenn sie etwas amüsierte, konnte sie es einfach nicht zurückhalten, dann platzte es aus ihr heraus, ob sie nun wollte oder nicht. Und der Gedanke, dass der Marquess of Beresford an ihr, einem etwas aus der Form geratenen Landei von fast dreißig Jahren, Gefallen finden könnte, war so absurd, dass sie nicht anders konnte.

»O Maria, du bist unverbesserlich!«, rief sie japsend. »Erstens verkehrt der Marquess in den allerbesten Kreisen und begegnet dort sicher den bezauberndsten und wohlerzogensten jungen Mädchen, die das Empire je gesehen hat: geistreich, elegant, vornehm und mit einer Taille, die man mit zwei Händen spielend umfassen kann. Junge Damen, mit denen er sich in der besseren Gesellschaft sehen lassen kann. Und für alles andere hat er gewiss Courtisanen, die unaussprechliche Dinge tun.«

»Dorothy!« Maria schüttelte konsterniert den Kopf. »Über so etwas spricht man doch nicht.«

Die Witwenschaft hatte Dotty eine gewisse Narrenfreiheit beschert, sodass sie sich daran gewöhnt hatte, kein Blatt vor den Mund zu nehmen. Unbeirrt fuhr sie fort: »Er wird jedenfalls kaum Interesse an einem in die Jahre gekommenen Trampel vom Lande haben. Und zweitens …«

»Nun mach dich nicht schlecht, Dorothy. Du hast einem Mann durchaus noch einiges zu bieten. Mit neunundzwanzig bist du keineswegs zu alt, um dich noch einmal zu verheiraten. Du hast ein hübsches Gesicht, wunderschöne blaue Augen, und wie du weißt, gibt es Herren, die ein wenig mehr Fleisch auf den Rippen zu schätzen wissen.« Ihr Blick streifte Dorothys Dekolleté. »Vor allem, wenn es an den richtigen Stellen sitzt. Du bist intelligent und belesen und darüber hinaus hast du das Herz am richtigen Fleck.«

Dorothy lächelte. So viel Lob machte sie verlegen, aber es tat auch gut.

»Danke. Du schmeichelst mir, Maria. Und ich weiß, dass du es gern sähst, wenn ich noch einmal heiratete, aber selbst wenn ich wollte, ist der Marquess wohl kaum der Richtige. Ein Ackergaul und ein Vollblut gehören nun einmal nicht in denselben Stall. Darüber hinaus weißt du doch, wie ich zu dem Thema stehe.«

Maria seufzte. »Ja, leider. Ich finde es doch nur so schade, Dorothy. Wenn du und Henry … verzeih, aber ich

45

glaube, du wärst auch eine gute Mutter geworden. Wenn du nun einen netten Witwer mit Kindern –«

»Lass es gut sein, Maria«, fiel Dotty ihr ins Wort. »Wenn Gott es so will, werde ich dem Richtigen begegnen, und wenn nicht, so will ich auch zufrieden sein. Ich habe mein Auskommen. Und einsam bin ich auch nicht. Ich habe doch dich, Francis, Philip und die Mädchen. Dabei fällt mir ein … Habe ich dir bereits erzählt, dass ich Nachricht von Leutnant Langley habe?«

»Nein, davon hast du noch nichts erzählt. Was schreibt er?«

»Er hat großes Glück gehabt. Seine Verwundung war offenbar weniger schlimm als befürchtet. Er ist nun so weit genesen, dass er hofft, bald herkommen zu können. Für seinen tapferen Einsatz in der Marine hat er den Ritterschlag erhalten und eine stattliche Pension. Und jetzt möchte er sich in Baynton House niederlassen. Er hat bereits Bedienstete vorausgeschickt, um Haus und Garten wieder herzurichten, und wird selbst in Kürze herkommen. Es freut mich, dass das Haus dann nicht mehr leer steht.«

Marias Gesicht nahm einen mitleidsvollen Ausdruck an. »Es ist eine Schande, dass du euer Haus verlassen musstest.«

Dotty winkte ab. »Das Anwesen in Coulsdon steht nun einmal dem nächsten männlichen Verwandten zu, daran gibt es nichts zu rütteln, Maria. Außerdem musste ich Baynton nicht verlassen. Langley hat mir angeboten, bis auf Weiteres dort zu bleiben, aber jeder Winkel steckt voller schmerzlicher

Erinnerungen und ich käme mir allein in einem so großen Haus verloren vor. Und wie will ich einen solchen Haushalt instand halten? Ich kann mir nur zwei Bedienstete leisten. So reicht es noch für das Pony und den Wagen. Doch das ist vollkommen ausreichend und Bramble Cottage hat alles, was ich brauche. Ich bereue meine Entscheidung nicht, und niemandem würde ich Baynton mehr gönnen als Leutnant Langley.«

»Seid ihr euch überhaupt schon einmal persönlich begegnet?«, fragte Maria.

»Nur kurz, als er während der Regruppierung seines Regiments in England weilte. Und ich habe ihn als einen großzügigen und warmherzigen Menschen kennengelernt. Er hat tapfer der Krone gedient und war Henry und mir stets ein guter Freund.«

»Es ist dennoch ein Ärgernis, wenn ein Anwesen an ein Erblehen gebunden ist, findest du nicht? Es ist ungerecht.«

»Vielleicht, aber du kannst beruhigt sein. Oakham wird an Philip in guten Händen sein. Die Mädchen und du sind versorgt.«

»Darum habe ich es auch nicht eilig, sie unter die Haube zu bringen.« Maria lachte. »Vielleicht werde ich Clara nächstes Jahr in die Gesellschaft einführen. Vielleicht aber auch erst im Jahr darauf. Ich möchte sie nicht drängen.«

»Dafür hast du mein vollstes Verständnis.« Dotty lächelte. »Es ist schwer, den richtigen Zeitpunkt zum Heiraten zu finden. Damit ist es wie mit einer Birne. Pflückst du sie zu früh, ist sie noch nicht reif, und verpasst du den Zeitpunkt, ist sie überreif und nicht mehr so appetitlich. Die Herren sind da ja wählerisch.« Sie lachte wieder so laut, dass es ihrer Mutter ein Graus gewesen wäre, und steckte sogar Maria damit an.

»Also Dotty! Birnen! Du hast recht, vielleicht bist du doch nicht der richtige Umgang für einen Marquess.«

KAPITEL 7

Abendgesellschaft auf Longdown Park

Archibald betrachtete sich im Spiegel. Auch wenn er nicht die Absicht hegte, dem Drängen seiner Freunde nachzugeben und eine Verbindung mit Miss Shirley in Erwägung zu ziehen, wollte er dennoch einen guten Eindruck machen. Kritisch begutachtete er die grauen Strähnen, die von den Schläfen aus in sein gottlob noch volles dunkles Haar krochen und die immer zahlreicher wurden, seit er die vierzig überschritten hatte. Er nahm die Schultern zurück, schob die Brust vor und zog den Bauch ein, denn die cremefarbene Seidenweste spannte bei genauer Betrachtung ein wenig. Schon besser.

Mit den Jahren war er etwas aus der Form geraten, das musste er zugeben. Für gewöhnlich hatte es ihm nichts ausgemacht, denn er legte wenig Gewicht auf Äußerlichkeiten. Schließlich war er ein gestandener Mann mit einem gesunden Verstand und Einfluss, der mehr mit Geist und Esprit denn mit wohlgeformten Waden zu beeindrucken wusste. Dennoch fühlte er sich an diesem Abend seltsam unzulänglich und war, das musste er sich eingestehen, ein wenig nervös. Das war verwunderlich. Es war schließlich nichts Ungewöhnliches, dass wohlmeinende Freunde,

Bekannte oder Verwandte ihm eine junge Frau vorstellen wollten, und bisher hatte er es immer mit stoischer Gelassenheit hingenommen.

Archibald schüttelte den Kopf, zupfte noch einmal seine Krawatte zurecht, die er heute zum Osbaldeston-Knoten gebunden trug, und machte sich auf den Weg in den Salon.

Inzwischen waren auch die anderen Gäste eingetroffen und sie wurden bekannt gemacht. Burlingtons Schwiegermutter und Schwägerin waren bereits am späten Nachmittag eingetroffen. Aufgrund der verspäteten Heimkehr vom Ausritt war aber keine Zeit zu einer offiziellen Vorstellung geblieben und so lernte Archibald sie erst jetzt kennen.

Dabei zeigte sich, woher Lady Burlington ihre außergewöhnliche Schönheit geerbt hatte, denn auch ihre Mutter war eine bemerkenswert schöne Frau.

Die Schönheit ihrer jüngeren Tochter überstrahlte selbst die Lady Burlingtons. Miss Theresa Shirley war in der Tat berückend. Ihr Haar hatte die Farbe und den Glanz von poliertem Ebenholz und bildete einen aparten Kontrast zu ihrem jugendlich zarten Teint und den graugrünen Augen. In üppigen Locken umrahmte es ihr hübsches, herzförmiges Gesicht mit dem hellroten Schmollmund und den rosigen, vollen Wangen. Eine äußerst reizvolle Erscheinung, das musste Archibald zugeben, die gleichermaßen jugendliche Frische, Seele und Ernsthaftigkeit ausstrahlte. Das zarte weiße Kleid mit den zierlichen Stickereien ließ sie fast wie ein überirdisches Wesen wirken. Wäre er jünger gewesen, wäre seine Entschlossenheit beim Anblick dieser zauberhaften jungen Dame durchaus ins Wanken geraten.

Und so war Archibald froh, dass noch weitere Gäste zu ihrem Kreis gehörten. Sir Henry Stickland war ein heiterer und unterhaltsamer Kerl, der wenig Haare, dafür aber einen stattlichen Bauch besaß und den Archibald bereits aus London kannte. Er konnte sich nicht erinnern, ihn jemals in schlechter Stimmung erlebt zu haben. Sir Henry gehörte wohl zu jenen Menschen, die es verstanden, dem Leben stets nur das Beste abzugewinnen. Und so freute sich Archibald, ihn hier anzutreffen, versprach es auf diese Weise doch in jedem Fall ein unterhaltsamer Abend zu werden. Ebenfalls eingetroffen war Lady Pinkney, eine reizende Dame in Archibalds Alter, die Mrs und Miss Shirley gleich zu ihrem alljährlichen Frühlingsball einlud, den sie nach Ostern auf ihrem Anwesen Snowshill ausrichtete. Als Letzter in der Runde traf der Pfarrer Mr Woodcock ein. Archibalds Einschätzung nach war er mindestens zehn Jahre jünger als er selbst, vielleicht Anfang dreißig. Er war ein recht ansehnlicher Mann mit einem fein geschnittenen, klassischen Gesicht, tadelloser Haltung und wachen, hellbraunen Augen, der ernsthaft und korrekt wirkte – ein interessantes Gegenbild zum lebhaften Sir Henry. Auch Burlingtons drei älteste Kinder durften bis zum Dinner bleiben, wurden aber dann von der Kinderfrau nach oben begleitet.

Wie es in moderneren Haushalten die Gepflogenheit war, hatte Lady Burlington an ihrem Dinnertisch Damen und Herren abwechselnd platziert. Dem Rang entsprechend saßen Lady Pinkney und Mrs Shirley je zur Rechten und Linken Lord Burlingtons am Kopfende der Tafel, die Gastgeberin am unteren Ende des Tisches, flankiert von Archibald zur Rechten und Sir Henry zu ihrer Linken. Der Pfarrer und Miss Shirley waren an den Seiten des Tisches platziert worden. Mit einem amüsierten Lächeln registrierte Archibald, dass man Miss Shirley neben ihre Mutter zu seiner Rechten gesetzt hatte und Mr Woodcock an die gegenüberliegende Seite des Tisches zwischen Sir Henry und Lady Pinkney. Es entsprach durchaus den gebotenen Regeln des Anstands, jedoch wusste Archibald, dass diese Platzierung nicht gänzlich ohne Hintergedanken erfolgt war.

»Sie sind gewiss nicht das erste Mal auf Longdown Park, nehme ich an.« Für sein Bemühen, eine Konversation mit Miss Shirley in Gang zu bringen, erntete Archibald, wie er aus dem Augenwinkel bemerkte, ein zufriedenes Lächeln von Lady Burlington.

»Nein, ich habe meine Schwester schon einige Male besucht. Wir wohnen nicht allzu weit entfernt in Warlingham.«

Die junge Dame wirkte ähnlich zurückhaltend wie Mr Woodcock, der ihr über das opulente Blumenarrangement in der Mitte des Tisches hinweg ehrfürchtige Blicke zuwarf. Da die Konversation nicht recht in Gang kommen wollte, bemühte sich Archie, seiner Tischdame den Einstieg in eine Unterhaltung zu erleichtern.

»Wie gefällt Ihnen die Neugestaltung der Gärten?«

»Sie gefällt mir recht gut, Mylord. Besonders der kleine Teich mit dem griechischen Tempelchen sieht sehr hübsch aus. Allerdings denke ich –« Miss Shirley warf ihrer Schwester einen kurzen Blick zu, bevor sie weitersprach, so als wolle sie sich vergewissern, dass sie nichts Unerwünschtes sagte. »Allerdings finde ich es ein wenig traurig, dass die alten Bäume dafür weichen mussten. Ich mochte sie. Sie gaben dem Garten so etwas Verwunschenes. Natürlich erhält der Garten so mehr Licht und ich sehe ein, dass sie den freien Blick versperrten.«

»Dann sind Sie vermutlich ebenso hoffnungslos nostalgisch und altmodisch wie ich. Ich hoffe, Sie verzeihen, Lady Burlington, aber auch mein Herz hing an den alten, knorrigen Kastanien. Auch wenn ich zugeben muss, dass sich Teich und Tempel wunderbar machen und zum Verweilen einladen.«

»Offenbar teilen Sie die Leidenschaft meiner Schwester für wildromantische Landschaften und verwunschene Märchenwälder, Beresford. Vielleicht sollten wir am Ostersonntag eine Ausfahrt in die Surrey Hills unternehmen. Ich hatte ohnehin an ein Picknick gedacht. Warum nicht bei den Frensham Ponds oder auf Box Hill?«

»Eine hervorragende Idee, Mylady«, entgegnete Archibald, auch wenn ihm nicht entgangen war, dass Lady

Burlington äußerst bemüht war, die Gemeinsamkeiten zwischen ihm und ihrer Schwester zu betonen. Gegen ein Osterpicknick in angenehmer Gesellschaft war allerdings kaum etwas einzuwenden.

Nach dem Dinner, das, wie Archibald zugeben musste, durchaus vergnüglich gewesen war, begaben sich die Damen in den Salon, während die Herren im Speisezimmer zurückblieben.

»Nun, Beresford, was sagen Sie?«, wollte Burlington wissen, kaum hatte sich die Tür hinter den Damen geschlossen. »Ist sie nicht zauberhaft? Ich habe Ihnen gewiss nicht zu viel versprochen, nicht wahr?«

»Nein, das haben Sie nicht«, gab Archibald zu. »Miss Shirley ist in der Tat reizend und eine geistreiche Gesprächspartnerin. Ich habe das Dinner sehr genossen.«

Als er Mr Woodcock und Sir Henry ins Gespräch vertieft wusste, beugte sich Burlington zu ihm und fuhr fort: »Glauben Sie nicht, dass mir Ihr Interesse an einer gewissen hübschen Jungfer in Not entgangen wäre, Beresford. Sie wollen doch wohl nicht auf fremdem Terrain wildern? Die Dame ist offenbar verheiratet.«

»Verwitwet«, korrigierte Archibald. Er lachte verlegen. »Sie kennen mich einfach zu gut, mein Freund. Jedoch müssen Sie zugeben, dass die Dame durchaus reizvoll war.«

»Reizvoll. In der Tat, Beresford. Jedoch recht gewöhnlich. So wie auch ein kräftiger Eintopf und ein Humpen Bier sehr appetitlich und nahrhaft sein können, wenn man hungrig ist. Ein zartes Filetstück mit feinem Gemüse, dazu ein guter Wein wären jedoch in jedem Falle vorzuziehen, falls Sie verstehen, was ich damit sagen möchte.«

»So befremdlich ich den Vergleich finde, verstehe ich durchaus, was Sie meinen. Sie glauben, Miss Shirley entspräche eher den Ansprüchen der Gesellschaft an eine etwaige Lady Beresford.«

»Schönheit und Jugend können ein gewisses soziales Gefälle ausgleichen, das wissen Sie. Miss Shirley verfügt über beides und darüber hinaus über ein tadelloses Benehmen, umfassende Bildung und zahllose weitere Tugenden. Außerdem ist sie äußerst musikalisch und singt wie eine Nachtigall. Davon werden Sie sich heute Abend überzeugen können. Wenn Sie meine Schwägerin erst haben singen und das Pianoforte spielen hören, werden Sie Ihre Witwe rasch vergessen haben.«

Archibald musste zugeben, dass Theresa Shirley ihn tatsächlich positiv überrascht hatte. Hinter der attraktiven Fassade verbarg sich eine tiefsinnige und interessante junge Frau und er war bereit, seine Vorbehalte für diesen Abend beiseitezuschieben und ernsthaft zu prüfen, ob er sich nicht doch vorstellen könnte, sein Junggesellendasein aufzugeben. Offenbar hatte die kurze Begegnung mit Mrs Collingwood etwas angestoßen, eine lange vergessene Sehnsucht nach Gemeinschaft und echter Intimität. Womöglich war er tief im Herzen doch all die Jahre einsam gewesen. Mrs

Collingwoods unverstellte Natürlichkeit hatte ihn an Elizabeth erinnert. Das musste es sein, was ihn so in Bann geschlagen hatte. Eine flüchtige Begegnung reichte nicht aus, um mehr als körperliches Begehren hervorzurufen. Höchstwahrscheinlich hatte Burlington recht, wenn er sagte, dass sie dem Vergleich mit Miss Shirley bei näherer Bekanntschaft schwerlich standhalten würde. Aber darüber nachzudenken, war müßig. Schließlich war nicht damit zu rechnen, dass sie sich noch einmal begegnen würden.

KAPITEL 8

Frühlingsball auf Snowshill

Ein wenig erschien es Dorothy, als sei sie wieder Debütantin, so lange hatte sie keinen Ball besucht. Lady Pinkney gab sich stets große Mühe, den Ansprüchen ihrer Gäste zu genügen, schließlich war ihr Frühlingsball ein erster Vorgeschmack auf die Londoner Ballsaison, die erst nach den Osterfeiertagen richtig in Schwung kam. Die Gäste waren verwöhnt und ihre Erwartungen hoch, doch Lady Pinkney hatte sich mit ihrem gastgeberischen Geschick einen Namen gemacht, und so war ihr Frühlingsball zu einer Institution geworden. Dorothy folgte Maria aus der Kutsche, wobei sie ihre Schleppe hielt und die Röcke gerafft hatte, was gar nicht nötig gewesen wäre, denn Lady Pinkney hatte Teppiche auslegen lassen, um die empfindlichen Stoffe vor Staub und Schmutz zu schützen. Laternen und Lichter erhellten den Hof und säumten die breite Treppe, die zum Hauptportal von Snowshill führte. Staunend erklomm Dotty die Stufen und ließ sich in der Garderobe den Mantel abnehmen.

Es herrschte bereits reger Betrieb, während mehr und mehr Gäste eintrafen, die der Butler mit lauter Stimme ankündigte. Dorothy staunte über die vielen illustren Namen, bewunderte die festlichen Roben der Damen und den üppigen Blumenschmuck in frischen Frühlingsfarben, der ebenso wie die echten Wachskerzen einen zarten Duft verströmte. Lady Pinkney ließ sich dieses Vergnügen offenbar einiges kosten. Zahllose Kerzen erhellten die Räume, und ihr Licht brachte die Kristalllüster und Wandspiegel zum Funkeln. Wein, Champagner, Punsch und Limonade wurden ausgeschenkt und Lady Pinkney hatte Spieltische und Sitzgelegenheiten aufstellen lassen. Dorothy allerdings zog es in den Tanzsaal. Sie fasste Maria an der Hand und reihte sich in die Schar derer ein, die sich langsam in den Saal schoben, in dem das Orchester bereits den Eröffnungstanz spielte. Noch bevor sie hinein gelangen konnten, pausierte die Musik und es entstand Bewegung auf der Tanzfläche. Offenbar gruppierten sich die Paare neu für den nächsten Tanz. Endlich hatten sie sich weit genug vorgearbeitet und Dotty staunte.

»Herrlich! Wie prächtig alles geschmückt ist«, rief sie aus. »Warum habe ich nur all die Jahre auf dieses Vergnügen verzichtet?«

Maria lachte. »Mein Reden, liebe Cousine. Wie du siehst, hast du dir einiges entgehen lassen.«

Jetzt, da sie staunend in ihrem wunderschönen roten Kleid mitten in all dieser Pracht stand, verstand sie plötzlich nicht mehr, warum es sie so eine Überwindung gekostet hatte. Es war, als erwachte sie aus einem langen Winterschlaf, und sie war wild entschlossen, diesen Abend so zu genießen wie den Osterfestschmaus nach der langen Fastenzeit.

»Komm, wir suchen uns einen Platz bei der Tanzfläche. Ich kann mich gar nicht sattsehen. So viele Paare!«

Sie fanden ein Eckchen, von dem aus sie freie Sicht auf die Tänzer hatten. Es bereitete Dorothy großes Vergnügen, ihnen zuzusehen, und am liebsten hätte sie Maria bei der Hand gefasst und einfach mitgetanzt. Ein Paar fiel ihr besonders ins Auge. Der Herr hatte ihr den Rücken zugewandt. Er hatte dunkles Haar, war groß und stattlich und hielt sich äußerst elegant. Die junge Dame, die ihm gegenüber Aufstellung genommen hatte, war ausgesprochen hübsch. Um ihren zarten Porzellanteint konnte Dorothy sie nur beneiden. Es war wohl der Preis, den sie zahlte, weil sie es sich nicht nehmen ließ, von Frühjahr bis in den späten Herbst so viel Zeit wie möglich draußen in der Natur zu verbringen. Sie mochte sich nicht stets im Schatten halten, und ein Sonnenschirm war ihr oftmals zu lästig. So hatte ihre Haut eine leichte Bräune, was sie neben dem elfenhaften Geschöpf auf der Tanzfläche wie eine Bäuerin wirken ließ. Die junge Dame war von berückender Schönheit, das musste sie anerkennen. Pechschwarzes, glänzendes Haar, das zu einer kunstvollen Frisur aufgesteckt war, betonte den schlanken Hals. Die Wangen waren zart gerötet und die vollen Lippen schimmerten ebenfalls frisch und rosig. Ungeduldig wartete Dotty darauf, dass sie sich drehen würden und sie das Gesicht des Herrn sehen konnte, denn sie war neugierig, wie der Tanzpartner dieser Schönheit aussehen mochte. Als sich das Paar schließlich drehte, erschrak sie. Kurz streifte sie der Blick des Herrn, als Maria bereits wisperte: »Dotty, sieh nur! Ist das nicht der Marquess?«

Für einen Augenblick war Dorothy sprachlos. Sie hatte ihn nicht erkannt, denn er war ihr in dem eleganten schwarzen Anzug viel imposanter erschienen als bei ihrer ersten Begegnung. Vielleicht war es auch die strahlende Schönheit seiner Tanzpartnerin, die Dorothy einen jungen Beau hatte erwarten lassen. Der Marquess schien sie entdeckt zu haben und ein Lächeln zeigte sich auf seinem Gesicht. Dorothy fühlte sich ertappt. Sie nickte kurz und wandte den Blick ab.

»Ich bin durstig. Lass uns etwas zu trinken holen«, sagte sie zu Maria und mühte sich vergebens, entgegen dem Strom aus dem Ballsaal zu fliehen.

»Aber wir sind doch eben erst gekommen«, protestierte Maria. »Ich habe wenig Lust, mich noch einmal durch die Menge zu kämpfen. Ein Weilchen wirst du wohl noch aushalten können.«

Dorothy vermied es, noch einmal zu dem Paar hinüberzusehen. Es war ihr auf seltsame Weise unangenehm, dass der Marquess ihren neugierigen Blick bemerkt hatte. Stattdessen beobachtete sie die übrigen Gäste und entdeckte Lord Burlington, der mit zwei Damen am Rand der Tanzfläche stand. Die ältere von beiden verfolgte interessiert die Bewegungen der Tänzer, während die jüngere sich angeregt mit dem Earl unterhielt.

Das Musikstück endete und kurz darauf schlossen sich Lord Beresford und seine junge Tanzpartnerin der Gruppe an. Andere Paare nahmen ihren Platz ein und nach einer Weile, die Dorothy wie eine Ewigkeit vorkam, ließ das Gedränge etwas nach. Sie ergriff die Gelegenheit zur Flucht und zog Maria mit sich aus dem Ballsaal. Erst als sie den Vorraum erreicht hatten und sie sich ein Glas Champagner von einem Tablett geschnappt hatte, blieb sie stehen.

»Es war schrecklich warm, findest du nicht?« Demonstrativ fächelte sie sich Luft zu. Maria sah sie verwundert an und zog die Stirn kraus. Dann schlich sich ein verschmitzter Ausdruck auf ihr Gesicht.

»Aha!«, machte sie und sah Dotty scharf an.

»Aha was?«

»Er hat dir also auch gefallen, der Marquess«, stellte Maria triumphierend fest.

»Pssst! Wenn dich jemand hört!« Dorothy sah sich um.

»Also habe ich recht«, flüsterte die Cousine. »Er hat dir gefallen.«

»Keineswegs. Ich … Mir war lediglich zu warm und außerdem hatte ich Durst«, widersprach Dorothy und nahm demonstrativ einige hastige Schlucke aus ihrem Glas.

»Oh, doch. Ich habe recht!« Maria ließ nicht locker. »Du konntest ja gar nicht schnell genug aus dem Ballsaal herauskommen. Er hat dir gefallen. Verständlich, dass es dir nicht behagt, wenn er mit einer anderen tanzt.«

»So ein ausgemachter Blödsinn!«, protestierte Dorothy lauter, als sie beabsichtigt hatte.

»Ausgemachter Blödsinn, Mrs Collingwood? Jetzt bin ich aber neugierig, worüber Sie gerade sprachen.«

Dotty fuhr herum und spürte, wie die Hitze ihr in die Wangen schoss.

»Wir … ich … also–«

»Wir sprachen gerade über einen Roman, den wir gelesen haben«, sprang Maria ihr eilig bei. Auf ihren Wangen zeigte sich ebenfalls eine deutliche Röte.

»Bitte verzeihen Sie meine Indiskretion, es geht mich nichts an, worüber die Damen sich unterhalten.« Lord Beresford lächelte und nickte ihnen freundlich zu. »Ich war mir sicher, dass ich Sie eben im Ballsaal gesehen habe, doch bevor ich Gelegenheit hatte, Sie anzusprechen, waren Sie gleich wieder verschwunden.«

»Mir war warm und ich hatte großen Durst.« Wie zum Beweis leerte Dorothy den Rest ihres Glases. Sie hoffte inständig, dass er noch nicht allzu lange hinter ihnen gestanden und Marias Bemerkung gehört hatte.

»Ich wollte Sie doch wenigstens begrüßen und mich erkundigen, wie es Mr Dallaway und Ihrem Fuß geht«, sagte der Marquess. Sein aufmerksamer Blick ließ sie noch unruhiger werden. Warum sah er sie so an? Gewiss hatte er alles gehört.

»Beiden geht es wieder ausgezeichnet, Mylord. Vielen Dank.« Hatte ihre Stimme gezittert? Ihre Wangen fühlten sich an, als glühten sie.

»Das freut mich, Mrs Collingwood. Eingedenk dessen bin ich so frei, Sie und Ihren Fuß um einen Tanz zu ersuchen.« Beresford verneigte sich leicht. Sein Lächeln wirkte amüsiert. Ganz bestimmt hatte er alles gehört. Und jetzt machte er sich lustig über sie. Es wäre jedoch unhöflich gewesen, seine Aufforderung abzulehnen. Maria hüstelte, als habe sie sich verschluckt, ein schwacher Versuch, ihr Erstaunen zu überspielen. Dorothy drückte ihr das leere Glas in die Hand und wandte sich an Lord Beresford.

»Vielen Dank, Mylord, mein Fuß und ich wären hocherfreut.«

»Möchten die Damen mich zurück in den Ballsaal begleiten? Ich werde Sie meinen Freunden vorstellen.«

Der Marquess ging voraus, Dorothy und Maria folgten. Dotty hatte das Gefühl, ihre Beine wollten ihr nicht gehorchen, denn das plötzliche Auftauchen Lord Beresfords und die Befürchtung, er könne ihr Gespräch mit angehört haben, hatten sie verunsichert. Sie erkannte Lord Burlington, der verwundert zu ihnen herübersah, bis ein Ausdruck des Erkennens auf sein Gesicht trat und er lächelte.

»Lady Burlington, Mrs Shirley, Miss Shirley, darf ich mir erlauben, Ihnen meine Bekannten, Mrs Dallaway und Mrs Collingwood, vorzustellen. Mrs Dallaway, Mrs Collingwood, Lord Burlington kennen Sie ja bereits. Das sind seine Gattin

Lady Burlington, seine Schwiegermutter Mrs Shirley sowie seine Schwägerin Miss Shirley.«

Wenn Dorothy nicht ohnehin verunsichert gewesen wäre, hätte spätestens der säuerliche Blick gereicht, mit dem die als Mrs Shirley vorgestellte Dame sie und Maria taxierte.

»Sehr erfreut, Sie kennenzulernen. Lord Beresford und Lord Burlington waren so freundlich, uns aus einer Notlage zu helfen, als mein Mann auf einem Spaziergang einen Schwächeanfall erlitt«, erklärte Maria und Mrs Shirleys Ausdruck wurde ein wenig freundlicher. »Ich bin sicher, ohne die Hilfe Ihrer Lordschaften wäre er nicht so rasch wieder genesen. Es geht ihm bereits viel besser, allerdings hielt ich es für klüger, dass er sich schont, und so konnte er uns heute nicht begleiten.«

»Das ist sehr schade, Mrs Dallaway«, entgegnete Lady Burlington. »Ich hätte Ihren Gatten gern kennengelernt.«

»Und Ihr Gatte, Mrs Collingwood? Ist er heute Abend auch hier?«, fragte Mrs Shirley. Ihre Miene hatte etwas Lauerndes.

»Leider nein. Mein Gatte fiel vor acht Jahren bei Kopenhagen. Er war Kapitänleutnant in der Marine.«

»Das tut mir leid«, entgegnete Mrs Shirley knapp, wandte sich dann aber direkt dem Marquess zu. »Lady Burlington und ich sprachen gerade darüber, was für ein ausgezeichneter Tänzer Sie sind, Beresford. Und ich muss ihr zustimmen. Es war eine reine Freude, Ihnen zuzusehen.«

»Vielen Dank. Jedoch bin ich sicher, dass ich jeden Anschein von Eleganz auf dem Parkett einzig meiner reizenden Tanzpartnerin Miss Shirley zu verdanken habe«, wies der Marquess das Kompliment mit einem verlegenen Lächeln von sich.

Die unverhohlene Anpreisung ihrer tänzerischen Grazie war der jungen Dame allerdings sichtbar unangenehm.

»Nicht so bescheiden, Beresford. Sie haben auf dem Parkett eine bessere Figur gemacht, als ich auch nur zu träumen wage«, warf Lord Burlington ein. »Nun, der Abend ist noch jung, gewiss werden Sie und Miss Shirley noch ein Tänzchen wagen.«

Die Angesprochene errötete noch heftiger. Sie schien nicht gern im Mittelpunkt des Interesses zu stehen.

»Es wäre mir eine Ehre«, gab Beresford zurück. »Jedoch war Mrs Collingwood so freundlich, mir den nächsten Tanz zu schenken.«

Dotty war, als könne sie Mrs Shirleys durchdringenden Blick spüren. Es hätte nicht offensichtlicher sein können, dass sie andere Pläne für den Marquess hatte.

Der jedoch führte sie, als das Musikstück geendet hatte, zur Tanzfläche, wo sie Aufstellung nahmen. Dorothy bemerkte, dass neugierige Blicke sie verfolgten, als sie mit dem Marquess Aufstellung am Kopf der Reihe nahm. Vielfach wurden Fächer vor die Lippen gebracht. Es hatte gewiss Aufmerksamkeit erregt, als der Marquess of Beresford ausgerufen worden war, und die eine oder andere junge

Dame hatte gehofft, von ihm bemerkt und aufgefordert zu werden. Und nun war natürlich von höchstem Interesse, wen er dort auf die Tanzfläche geführt hatte. Dotty war es nicht gewöhnt, so viel Beachtung zu bekommen, und es verunsicherte sie. Ihr war, als hätte sie alle Tanzschritte vergessen, und tatsächlich fehlte ihr die Übung. Dabei musste sie an Miss Shirley denken und wie elegant und graziös sie an der Seite des Marquess gewirkt hatte. Im Vergleich nahm sie sich gewiss wie das reinste Trampel aus. Je mehr sie darüber nachdachte, desto unsicherer wurde sie.

»Verzeihen Sie, Mylord. Ich bin ein wenig aus der Übung.«

Beresford lächelte. »Ich könnte mir vorstellen, dass es auch damit zu tun hat, dass Sie beobachtet werden«, sagte er leise.

»Natürlich, Eure Lordschaft ziehen Aufmerksamkeit auf sich. Es kommt nicht oft vor, dass ein Marquess einen ländlichen Ball mit seiner Anwesenheit beehrt.«

»Und gewiss wird man sich fragen, welcher Natur meine Bekanntschaft mit der zauberhaften Dame in Rot ist.«

»Wohl kaum.« Dorothy musste lachen. »Eher wird man Ihre Ritterlichkeit bewundern, da Sie sich einer derart uneleganten Tänzerin erbarmt haben, die sonst wohl den ganzen Abend nur hätte zusehen dürfen.«

Lord Beresford schüttelte leicht den Kopf.

»Ich muss vehement widersprechen, Madam. Ich schätze mich glücklich, Sie rechtzeitig aufgefordert zu haben, denn gewiss gibt es eine Reihe jüngerer und attraktiverer Kandidaten, die nur zu gern an meiner Stelle mit Ihnen tanzen würden.«

Dorothy lächelte verschämt. Sie war Komplimente nicht mehr gewöhnt. Gewiss gingen dem Marquess derlei Schmeicheleien leicht von den Lippen. Schließlich bewegte er sich in London in den feinsten Kreisen. Trotzdem beflügelten die Worte sie, und ihre Schritte gewannen an Sicherheit.

»Was sagt Ihr Fuß zu all dem?«, erkundigte sich Lord Beresford lächelnd. »Amüsiert er sich«

Dorothy gefiel es, dass sie mit dem Marquess albern sein konnte. »O ja, Mylord. Er amüsiert sich prächtig. Die Tage der Schonung waren nicht nach seinem Geschmack.«

»Was sagen Sie, wollen wir den Neugierigen etwas zum Tuscheln geben und Ihrem Fuß einen zweiten Tanz gönnen?« Lord Beresford nahm ihre Hand für die Drehung und zwinkerte ihr zu.

Dorothy zögerte. Es bereitete ihr großes Vergnügen, mit dem Marquess zu tanzen, doch derselben Dame gleich zwei Tänze hintereinander zu widmen, würde den Eindruck großer Vertraulichkeit erwecken.

»Werden wir damit nicht Ihre Begleitung verärgern, Mylord?«

»Der Abend ist noch jung und ich werde gewissenhaft meiner Pflicht nachkommen, auch anderen anwesenden Damen Gelegenheit zum Tanz zu verschaffen. Allerdings fühle ich mich auch Ihrem Fuß gegenüber verpflichtet.«

»Das ist sehr nobel von Ihnen.« Dorothy lachte. »Mein Fuß lässt Ihnen herzlich danken.«

Sie fühlte sich ein wenig schwindelig und wusste nicht, ob es den schnellen Drehungen, dem Champagner, den sie so eilig heruntergestürzt hatte, oder der ungewohnt koketten Unterhaltung geschuldet war. Doch es war ihr einerlei. Heute wollte sie sich amüsieren und erst morgen darüber nachdenken.

KAPITEL 9

Warnende Worte

Mrs Susan Shirleys Laune sank auf einen neuen Tiefpunkt, als die Musik endete, der Marquess allerdings nicht wie erwartet zurückkehrte, um Theresa zum Tanz aufzufordern. Offenbar gedachte er, dieser impertinenten Person noch einen weiteren Tanz zuzugestehen. Sie hätte wohl verstanden – und es hätte für seine noble Gesinnung gesprochen –, wenn er aus Mitleid mit ihr getanzt hatte, aber dass er ihr nun sogar den Vorzug vor ihrer Theresa gab, war die Höhe!

»Wer ist diese schreckliche Person?«, zischte sie Catherine hinter vorgehaltenem Fächer zu.

Die hob den ihren nun ebenfalls ans Gesicht.

»Ich weiß es auch nicht, Mama. Sie muss hier aus der Gegend sein, aber sie gehört nicht zu unserem Bekanntenkreis.«

»Nun, dann werde ich es in Erfahrung bringen«, sagte sie kurzentschlossen mit einem Blick auf die Dame, die ihr als Mrs Dallaway vorgestellt worden war. Mit ihren dunklen Haaren, den großen braunen Augen und der zarten Figur war sie nicht unattraktiv, aber weit weniger auffällig als ihre Begleitung, ohne die sie ein wenig verloren wirkte. Sie mühte sich redlich, eine Konversation mit Theresa in Gang zu bringen, die angesichts der Fremden wieder in ihre gewohnte Schüchternheit verfiel.

»Es ist schrecklich warm, finden Sie nicht?«, klagte Susan laut und fächelte sich demonstrativ kühle Luft zu. »Gewiss würde es mir guttun, ein paar Schritte durch den Garten zu spazieren. Würden Sie mich begleiten, Mrs Dallaway?«

Die lächelte kurz, warf einen unsicheren Blick auf die Tanzfläche, auf der sich ihre Begleiterin und Lord Beresford sichtbar amüsierten, und stimmte dann zu, ihr in den Garten zu folgen.

Inzwischen hatten die Körper der Tänzer und Zuschauer und die zahllosen Kerzen den Saal so aufgeheizt, dass man die großen Flügeltüren, die auf die Terrasse hinausführten, geöffnet hatte, um frische Luft hineinzulassen.

Energisch nahm Susan Mrs Dallaway am Arm und führte sie hinaus. Nachdem sie ein paar Schritte auf der Terrasse spaziert waren, blieb sie stehen.

»Hier lässt es sich aushalten, nicht wahr?« Sie bemühte sich, Mrs Dallaway ein freundliches Lächeln zu schenken. »Und wie schön die Gärten illuminiert sind. Lady Pinkney hat sich wirklich große Mühe gegeben, das muss man sagen.«

»O ja, das hat sie«, stimmte Mrs Dallaway zu. »Der Blumenschmuck ist überwältigend.«

»Sie sind näher mit Lady Pinkney bekannt, nehme ich an?«, begann Susan ihr kleines Verhör.

»Richtig. Mein Gatte ist ein Freund des Barons. Sie kennen sich bereits aus Jugendtagen. Wir sind quasi Nachbarn. Und meine Clara hat sich mit Lady Pinkneys Tochter angefreundet.«

»Jugendfreunde, ich verstehe. Wie schön. Und Ihre Begleiterin, Mrs –?«

»Mrs Collingwood ist meine Cousine. Seit dem Tod ihres Mannes wohnt sie in der Nähe und wir sehen uns oft. Ich habe sie ein wenig unter meine Fittiche genommen. Sie hat ja sonst niemanden. Ihre Eltern sind früh gestorben, müssen Sie wissen. Sie hatte es nicht leicht.«

»Was Sie nicht sagen, meine Liebe! Das kann ich mir nur zu gut vorstellen. Dann stehen Sie sich wohl sehr nahe.«

»So ist es«, bestätigte ihr Gegenüber.

»Ihre Cousine erscheint mir noch recht jung für eine Witwe. Sie wird sich gewiss noch einmal verheiraten wollen, nicht wahr?«

Mrs Dallaway warf ihr einen misstrauischen Blick zu. Offenbar war sie weniger einfältig, als Susan gedacht hatte. Sie musste geschickter vorgehen.

»Nicht notwendigerweise. Sie ist nicht auf der Suche, falls Sie das meinen«, entgegnete Mrs Dallaway, und in ihrem Ton lag etwas Herausforderndes.

»Oh! Sie müssen mich für schrecklich indiskret und neugierig halten«, rief sie. »Es ist bloß –«

Sie sah sich um, senkte die Stimme und beugte sich näher zu ihrer Gesprächspartnerin.

»Ich habe mit einiger Sorge gesehen, wie bemüht der Marquess um meine Theresa war. Es sollte mich also erleichtern, dass seine Aufmerksamkeit sich einer anderen Dame zugewandt hat, aber –« Sie unterbrach sich und machte einen Schritt zurück. »Nein. Vergessen Sie, was ich gesagt habe. Es gehört sich nicht, schlecht über jemanden zu reden. Ihre Cousine wirkt auf mich wie eine erfahrene und kluge Frau, die selbst auf sich achtgeben kann. Kommen Sie, wir wollen lieber wieder hineingehen.«

Sie wandte sich zum Gehen, wurde jedoch von Mrs Dallaway zurückgehalten.

»Einen Augenblick! Warten Sie, Mrs Shirley.« Sie sah sich verstohlen um und senkte die Stimme. »Wie haben Sie das gemeint? Der Marquess ist doch gewiss ein Ehrenmann.«

»Aber natürlich, meine Liebe. Natürlich ist er das. Ach, ich hätte nichts sagen sollen. Man muss mich doch für eine Klatschbase halten, wenn ich – Vergessen Sie bitte einfach, was ich gesagt habe, ja?«

»Von mir wird es niemand erfahren«, insistierte Mrs Dallaway. »Wenn es etwas gibt, das meine Cousine über Lord Beresford wissen sollte, bitte ich Sie inständig, es mir zu sagen. Ich werde solche Informationen selbstverständlich vertraulich behandeln.«

»Nun gut.« Mrs Shirley frohlockte im Stillen, denn Mrs Dallaway reagierte genau, wie sie es sich gewünscht hatte. Sie nahm ihren Arm und führte sie noch ein Stück näher an die steinerne Brüstung, um sicherzustellen, dass niemand ihr

Gespräch belauschte. »Der Marquess ist selbstverständlich ein ehrenhafter Gentleman, jedoch was das schöne Geschlecht angeht … Nun ja, Burlington erwähnte mehrfach, dass er mit seinen Aufmerksamkeiten großzügig, jedoch wenig beständig ist, wenn Sie verstehen, was ich damit sagen möchte.«

»Sie meinen, er ist ein Schürzenjäger?«, wisperte Mrs Dallaway mit einem ungläubigen Blick.

»Psst! Nein, um Himmels willen, so weit würde ich nicht gehen, und ich würde seiner Lordschaft auch keine unlauteren Absichten unterstellen. Jedoch neigt er wohl dazu, sehr freimütig mit seinen Sympathiebekundungen zu sein und damit die Hoffnungen junger Damen zu schüren, die selbstredend nur enttäuscht werden können. Das schließe ich aus Burlingtons Andeutungen.« Dann schüttelte sie den Kopf und lachte, als wolle sie das eben Gesagte als lächerlich abtun. »Aber meine warnenden Worte sind sicherlich unnötig. Ihre Cousine ist keine siebzehn mehr und gewiss klug genug, sich keine Schwachheiten einzubilden. Sie wird ihre Aussichten realistischer einschätzen als so ein junges Mädchen, nicht wahr?«

»Ja, selbstverständlich. Ganz bestimmt«, entgegnete Mrs Dallaway, klang aber alles andere als überzeugt. »Da bin ich mir sicher.«

Susan war äußerst zufrieden mit sich. Der Köder war ausgelegt und geschluckt.

KAPITEL 10

Verstand und Gefühl

»Sieh dir meine Slipper an!« Dorothy lachte und befühlte den empfindlichen Seidenstoff, der an den Nähten bereits durchgescheuert war. »Ich hätte kaum damit gerechnet, überhaupt zum Tanz aufgefordert zu werden. Aber dass ich gleich ein Paar Schuhe durchtanze, das hätte ich weiß Gott nicht gedacht! Mir ist noch immer ganz schwindelig. Ach, es war ein herrlicher Ball, Maria! Ich habe mich prächtig amüsiert.« Sie hielt inne und sah ihre Cousine an. Deren ernster Ausdruck war schwer zu deuten.

»Verzeih, aber hast du dich heute Abend nicht amüsiert?«

»Doch, selbstverständlich. Auch wenn ich nicht halb so viel getanzt habe wie du. Es war ein wirklich schöner Abend.«

Dorothy fröstelte und zog die Decke enger um ihren Körper. Die Nächte waren noch immer empfindlich kalt und sie war froh, dass die Fahrt nach Oakham nicht mehr lange dauern würde. Sie wurde das Gefühl nicht los, dass Maria ihr etwas mitteilen wollte.

»Es war ein wirklich schöner Abend, aber –?«

»Kein Aber.« Maria lächelte. »Es freut mich, dich so fröhlich und gelöst zu sehen. Ich nehme an, du hast deine Meinung nicht geändert, was den Marquess angeht?«

Dotty war sich nicht sicher, worauf Maria hinauswollte.

»Inwiefern sollte ich meine Meinung geändert haben?«

»Ich denke an unser Gespräch neulich nach dem Spaziergang. Wie hast du es noch ausgedrückt? Richtig, du sagtest, ein Ackergaul und ein Vollblut gehörten nun einmal nicht in denselben Stall. Ich meine, du lässt es dir gewiss nicht zu Kopf steigen, dass der Marquess gleich zweimal mit dir getanzt hat, nicht wahr?«

Dorothy fühlte sich ertappt, aber sie überspielte ihre innere Unruhe mit einem Lachen.

»Aber nein! Wo denkst du hin, Maria? Mein Kopf sitzt noch immer fest auf meinen Schultern, und ich habe die Fähigkeit zum logischen Denken nicht verloren. Jemand wie Lord Beresford wird kein tiefergehendes Interesse an einer Frau aus meinen bescheidenen Verhältnissen haben, auch wenn sein Verhalten anderes vermuten lassen könnte.«

Noch während Dotty sie aussprach, sank diese Wahrheit erst wirklich in ihr Bewusstsein. Sie war gewöhnlich keine Frau, die sich in unrealistische Hoffnungen hineinsteigerte, doch wenn sie ehrlich war, hatte sie sich für einen Augenblick der Illusion hingegeben, in Beresfords Augen etwas Besonderes zu sein. Allerdings war jemand wie er es gewohnt, spontanen Launen nachzugeben, ohne zu viele Gedanken an die Konsequenzen verschenken zu müssen.

Seinem Status und Ansehen tat es keinen Abbruch, wenn er auf einem Ball einmal einer Frau niedrigeren Standes etwas zu viel Aufmerksamkeit schenkte und so konnte er es sich erlauben, spontanen Gefühlsregungen Ausdruck zu verleihen. Ohne Frage hatte er sich amüsiert. Daraus allerdings ein weitergehendes oder gar ernsthaftes Interesse seiner Lordschaft an ihrer Person abzuleiten, wäre töricht gewesen. Eigentlich wusste Dorothy das nur zu gut. Dennoch hatte sie sich für einen Augenblick hinreißen lassen, mehr in ihr neckisches Geplänkel hineinzulesen.

»Dann ist es gut.«, sagte Maria und lächelte. »Ich hatte den Eindruck, du habest womöglich deine Einschätzung geändert.« Zufrieden wirkte sie allerdings noch immer nicht. Offenbar hatte Dorothys Beteuerung sie nicht gänzlich überzeugt.

»Vielleicht täusche ich mich, aber es kommt mir vor, als hättest du noch etwas auf dem Herzen«, sagte Dotty.

Maria nickte. »Du weißt, ich gehöre gewiss nicht zu den Personen, die viel auf Hörensagen geben oder dazu neigen, Gerüchte zu verbreiten. Jedoch denke ich, in diesem Falle ist es durchaus angebracht, dass ich dich über eine Bemerkung in Kenntnis setze, die Mrs Shirley mir gegenüber machte, Lord Beresford betreffend.«

»Mrs Shirley?« Dorothy stutzte. Sie hatte den Eindruck gewonnen, sie und Maria seien Lord Burlingtons Schwiegermutter nicht unbedingt willkommen gewesen.

»Der Marquess soll mit seinen Aufmerksamkeiten Damen gegenüber oft ein wenig zu freigiebig sein, sodass er – möglicherweise ohne es zu wollen – falsche Hoffnungen schürt«, erklärte Maria. »Ihm geht in dieser Hinsicht wohl bereits ein Ruf voraus.«

Dorothy nickte. »Danke, Maria. Es war richtig, mich darüber zu informieren.«

Auch wenn das Bett im Gästezimmer bequem und sie nach dem aufregenden Ball rechtschaffen müde war, fand Dorothy in dieser Nacht nur schwer in den Schlaf. Zu vieles ging ihr im Kopf herum. Einerseits hatte sie den Eindruck, dass der Marquess Gefallen an ihr gefunden hatte. Schon bei ihrer ersten Begegnung hatte sie sich eingebildet, dass da eine besondere Sympathie zwischen ihnen war. Andererseits war sie vernünftig genug, zu wissen, dass ein Marquess weit über ihrer gesellschaftlichen Griffweite lag, und sie seinen gehobenen Ansprüchen an Eleganz, Ausbildung und Klasse kaum genügen konnte. Und doch hatte ihr Aufeinandertreffen etwas in ihr geweckt, das sie für immer verloren geglaubt hatte. Es war ebenso irritierend wie der Kontrast zwischen der Gluthitze des Ballsaals und der empfindlichen Kälte in der Kutsche auf der Heimfahrt, ein Wechselbad widersprüchlicher Empfindungen und Gedanken, das sie ratlos zurückließ.

Bei ihrer ersten Begegnung hatte sie Lord Beresford durchaus als angenehmen Zeitgenossen und sein Wesen als freundlich und zugewandt erlebt. Er war ihr allerdings nicht besonders herausragend oder attraktiv erschienen. Heute Abend jedoch, als sie ihn mit Miss Shirley auf der Tanzfläche beobachtet hatte, nicht ahnend, um wen es sich handelte, war er ihr größer vorgekommen, imposanter, eine markante Erscheinung, die Würde und Klasse ausstrahlte. Es ärgerte sie, dass sie offenbar so leicht zu beeindrucken war und sich zu einer albernen Schwärmerei hatte hinreißen lassen. Sie konnte nicht erwarten, dass sie mit all den jungen Frauen in Lady Pinkneys Ballsaal und in anderen, noch eleganteren Ballsälen, mithalten konnte, die ihre Hoffnungen auf ihn richteten. Frauen, die allesamt jünger, hübscher und angemessener waren.

Für einen Augenblick auf der Tanzfläche hatte sie sich eingebildet, etwas in seinem Blick zu sehen, das sie an glückliche Zeiten erinnerte, die lange zurücklagen. Sie hatte sich begehrt gefühlt, herausgehoben aus der Masse.

Und obwohl sie wusste, dass Mrs Shirley ihr nicht notwendigerweise wohlgesinnt war, passte deren Warnung ins Bild und unterstrich das, was Dorothys Verstand ihr ohnehin in aller Deutlichkeit sagte.

Sie wollte nicht so weit gehen, Lord Beresford für einen Schwerenöter zu halten, denn nichts an seinem Verhalten hatte unehrlich oder aufgesetzt gewirkt. Wahrscheinlich war er vielmehr gedankenlos und sich der Wirkung seines Verhaltens nicht gänzlich bewusst. Wie so viele seines Standes war er es gewohnt, zu tun, wonach ihm der Sinn stand, ohne sich darüber zu viele Gedanken zu machen. Und wenn es ihm gefiel, mit ihr zu tanzen, so versagte er sich dieses Vergnügen nicht, weil er sich über das Gerede der Leute wenig bekümmern musste.

Sie hingegen riskierte weit mehr, wenn sie sich ihren spontanen Empfindungen überließe. Das war ihr wohl bewusst. Also wollte sie dem Tanz am heutigen Abend nicht mehr Bedeutung zumessen, als er verdiente. Sie würde sich gern daran erinnern als ein flüchtiges Vergnügen, so wie Lord Beresford sie gewiss schon morgen wieder vergessen haben würde.

KAPITEL 11

Spatz in der Hand

»Es gefällt mir nicht, dass Lord Beresford gleich zweimal mit dieser schrecklich gewöhnlichen Person getanzt hat!«

Ihre Mutter kannte auch am Morgen nach dem Ball kein anderes Thema, ganz gleich, wie Catherine sich mühte, sie zu beruhigen. Während die Herren in Burlingtons Arbeitszimmer frühstückten, hielten die Damen im privaten Salon bei heißer Schokolade und Brötchen Kriegsrat über die Ereignisse des vergangenen Abends.

»Es ist mir rätselhaft, was er an ihr findet. Gut, sie verfügt vielleicht über gewisse Reize, welche die niederen Instinkte der Herren ansprechen. Jedoch hätte ich Lord Beresford für wählerischer gehalten. Sie hat weder Haltung noch Klasse und wirkte auf mich regelrecht vulgär. Zudem hat sie ihre Blütezeit auch längst überschritten.«

»Gewiss, Mama. Ich denke, seine Lordschaft wollte nur freundlich sein, nichts weiter. Er wollte Mrs Collingwood sicherlich nur Gelegenheit zum Tanz verschaffen.«

»Gleich zweimal hintereinander?«, rief ihre Mutter.

»Das hat für einige Aufmerksamkeit gesorgt, das gebe ich zu, und Mrs Collingwood mangelte es auf diese Weise nicht an Tanzpartnern.« Catherine musste lachen. »Es ist immer wieder erstaunlich, dass Männer stets das begehren, was in den Augen anderer begehrenswert erscheint.«

»Ich weiß nicht, wie du das noch witzig finden kannst, Catherine! Es geht hier um die Zukunft deiner Schwester.«

»Mit Theresa hat Beresford doch auch zweimal getanzt, Mutter«, warf Catherine in dem Versuch ein, sie zu besänftigen.

»Er schien sich aber weit weniger zu amüsieren.« Zornig wandte sich Mrs Shirley ihrer jüngeren Tochter zu. »Was mit Sicherheit auch daran lag, dass man dir jedes Wort aus der Nase ziehen muss, Theresa. Du scheinst dir nicht bewusst zu sein, wie außerordentlich wichtig es ist, die Männer bei Laune zu halten. Diese Mrs Collingwood, das ambitionierte und durchtriebene Stück, weiß genau, welche Saiten sie anzuschlagen hat, darauf kannst du Gift nehmen. Sie weiß, wie man sich einen Mann angelt, und sie wird ihn dir vor der Nase wegschnappen, wenn du dir nicht ein wenig mehr Mühe gibst!«

»Durchtrieben ist sie mir aber nicht vorgekommen«, widersprach Theresa zaghaft, wofür sie einen noch zornigeren Blick erntete.

»Mir erschien sie auch eher – « Catherine suchte nach dem richtigen Wort. »Handfest, wie eine Frau, die mit beiden Beinen im Leben steht und ihren Platz sehr genau kennt.«

»Dein Wort in Gottes Ohr«, gab Mrs Shirley zurück und rührte in ihrer Tasse. »Allerdings möchte ich mich nicht darauf verlassen. Sie ist gewiss nicht dumm und wird eine Gelegenheit, die sich ihr bietet, durchaus zu ergreifen wissen.«

Catherine dachte nach. Wenn es nach ihr gegangen wäre, hätte Theresa heiraten können, wen sie wollte, ein gutes Auskommen vorausgesetzt. Sie wusste jedoch, dass ihre Mutter nicht locker lassen würde, solange sie eine Chance witterte, Einfluss darauf zu nehmen. Auf ihrem Osterausflug hatte sie den Eindruck gewonnen, als habe Theresa sich mit dem Gedanken angefreundet, Lord Beresford als potenziellen Ehemann ins Auge zu fassen. Insofern wollte sie die Pläne ihrer Mutter gern unterstützen. Ein Gedanke schoss ihr durch den Kopf.

»Man müsste Mrs Collingwood eine erreichbare Alternative in Aussicht stellen. Jemanden, der besser zu ihr passt und der ihr die realistischere Wahl erscheint. Ich halte sie durchaus nicht für unvernünftig. Den Spatz in der Hand wird sie vermutlich der Taube auf dem Dach vorziehen.«

»Eine ausgezeichnete Idee, Catherine!«, rief die Mutter erfreut aus, doch gleich darauf verfinsterte sich ihre Miene wieder. »Woher allerdings willst du deinen Spatz nehmen? Und wie willst du es anstellen, das Vögelchen unserer Mrs Collingwood schmackhaft zu machen?«

Catherine nahm einen Schluck Schokolade. Das war allerdings eine gute Frage. In Gedanken ging sie alle möglichen Nachbarn und Bekannten durch, bis Jenkins anklopfte und einen Besucher ankündigte.

»Mylady, Mr Woodcock für Sie.«

»Aber natürlich!«, rief Catherines Mutter. »Mr Woodcock! Der wäre perfekt, nicht wahr? Bitten Sie ihn herein, Jenkins.«

Einen Augenblick später trat der Pfarrer in den Salon und verbeugte sich steif. Auch an diesem Morgen fiel Catherine wieder auf, wie überaus korrekt und aufrecht er sich hielt. Man konnte fast den Eindruck gewinnen, er hätte einen Stock verschluckt. Nervös huschte sein Blick zwischen den Damen hin und her, als er sie begrüßte.

»Mein lieber Mr Woodcock!«, rief sie, zog sogleich einen Stuhl heran und bedeutete ihm, sich zu setzen. »Was für eine angenehme Überraschung, Sie so bald wiederzusehen. Was führt Sie zu uns?«

Der Pfarrer nahm auf der Kante des Stuhles Platz.

»Die Dinnergesellschaft bei Ihnen hat mir außerordentlich gut gefallen und ist mir noch lange im Gedächtnis geblieben.« Er lächelte scheu, und Catherine entging nicht, dass sein Blick kurz zu Theresa hinüberhuschte. »Insbesondere Ihre Freundlichkeit und Großzügigkeit. Dafür möchte ich mich noch einmal ausdrücklich bedanken und mich heute mit einer kleinen Bitte an Sie wenden, wenn ich darf.«

»Aber selbstverständlich dürfen Sie.« Catherine schenkte ihm ein ermutigendes Lächeln. »Was können wir für Sie tun?«

»Ich weiß nicht, ob Ihre Ladyschaft mit dem Kinderheim von Mrs Arnold vertraut sind?«

Catherine runzelte die Stirn. »Ich kann nicht sagen, dass ich mit Mrs Arnold bekannt wäre, aber ich sehe sie und ihre Kinder regelmäßig in der Kirche.«

»Nun, Mrs Arnold müht sich redlich, es den Kindern an nichts fehlen zu lassen, jedoch würde sie ihnen auch gern hin und wieder etwas Zerstreuung ermöglichen. Wir sammeln also Spenden aller Art, Bücher, abgelegtes Spielzeug, gerne auch Geldspenden.«

»Aber selbstverständlich, Mr Woodcock. Für einen guten Zweck gebe ich gern.«

»Haben Sie vielen Dank, Mylady! Das freut mich außerordentlich. Ich wusste, ich kann auf Ihre Großzügigkeit zählen. Es gäbe da noch etwas …« Eine leichte Röte überzog seine Wangen. »Am kommenden Sonntagnachmittag möchten Mrs Arnold und ich ein kleines Frühjahrsfest für die Kinder veranstalten mit einem Picknick im Garten, Spielen und einem einfachen Theaterstück, das die älteren Kinder geprobt haben. Uns fehlt aber noch eine musikalische Darbietung für das Fest, und da dachte ich gleich an Miss Shirley. Sie haben neulich Abend so zauberhaft für uns gesungen. Vielleicht – ich meine, wenn es nicht vermessen ist, Sie darum zu bitten – vielleicht wären Sie so überaus liebenswürdig, für die Kinder zu singen?«

Noch bevor Theresa antworten konnte, klatschte Mrs Shirley begeistert in die Hände.

»O Mr Woodcock! Sie sind mit Ihren Plänen viel zu bescheiden. Als Sie das Picknick im Garten erwähnten, kam mir eine fabelhafte Idee!«

Catherine sah ihre Mutter abwartend an. Was führte sie im Schilde?

»Am Ostersonntag haben wir einen herrlichen Ausflug nach Box Hill gemacht und dort gepicknickt. Wäre es nicht großartig, wenn Sie Ihr Frühlingsfest dort veranstalteten?«

»Eine wundervolle Idee, Mrs Shirley, jedoch fürchte ich, dafür fehlen uns die Mittel. Mrs Arnold verfügt nur über einen Wagen und sehr wenig Personal. So einen Ausflug könnten wir nicht bewerkstelligen.«

»Selbstverständlich nicht. Aber Lord und Lady Burlington werden Ihnen gewiss gern unter die Arme greifen, nicht wahr?« Sie sah Catherine durchdringend an.

»Ähm. Ja, natürlich. Wir helfen gern, wo wir können«, bestätigte sie. »Mir ist allerdings noch nicht klar, wie wir in dieser Angelegenheit behilflich sein können.«

»Wir laden Mrs Arnold und die Kinder zu einem Picknick nach Box Hill ein. Lord Burlington kann gewiss die notwendigen Transportmittel und das Personal zur Verfügung stellen. So eine Ausfahrt wird den Kindern guttun und ihnen gewiss gefallen. Auf die Weise lernen sie die wunderschöne Natur ihrer Heimat kennen. Und was für eine traumhafte Kulisse böte sich für ihr Theaterstück!«

»Das klingt wirklich fantastisch. Die Kinder würden sich über die Maßen freuen, Mrs Shirley. Sind Sie denn sicher, dass es Lord Burlington recht wäre?«

Catherine nickte. »Da bin ich mir absolut sicher. Ich werde ihn selbstverständlich noch fragen, aber ich kann Ihnen schon jetzt sagen, dass mein Gatte gegen diesen Plan gewiss nichts einzuwenden haben wird.«

»Vielleicht möchten Sie uns ja begleiten?« Er sah Theresa hoffnungsvoll an, die ihn freudig anstrahlte.

»Schrecklich gern, Mr Woodcock. Wie werden die Kinder sich freuen, wenn sie davon erfahren! Ich kann mir direkt das Leuchten in ihren Augen vorstellen, wenn sie –«

Theresas Lächeln verschwand, als die Mutter ihr ins Wort fiel.

»Gewiss werden sie das. Aber ich fürchte, es wird nicht gehen, denn wir haben für nächsten Sonntag bereits andere Pläne. Erinnere dich, Theresa.«

Sie warf ihrer jüngeren Tochter einen eindringlichen Blick zu und wandte sich dann mit einem strahlenden Lächeln an Mr Woodcock. »Allerdings wüsste ich jemanden, der sicherlich gern dabei wäre. Eine reizende Dame, alleinstehend, denn sie ist leider sehr früh verwitwet, die Ärmste. Aber eine äußerst fromme und hilfsbereite Person. Lady Burlington wird mir zustimmen. Ich dachte an Mrs Collingwood.«

Catherine nickte zustimmend, während ihre Mutter fortfuhr. Sie konnte sich denken, was die vorhatte.

»Nun, sie lebt in recht beschränkten Verhältnissen und hätte bestimmt auch große Freude an einem solchen Ausflug. Schließlich hat sie selten Gelegenheit dazu. Allerdings ist sie sehr bescheiden und nimmt ungern Hilfe an, falls Sie wissen, was ich meine. Wenn man sie allerdings in dem Glauben ließe, ein gutes Werk zu tun …«

Mr Woodcock nickte. »Ich verstehe. Natürlich. Mrs Arnold und ich würden uns freuen, wenn Ihre Freundin uns begleitet.«

»Wie wunderbar! Sie würden ihr einen großen Gefallen tun und sie sehr glücklich machen. Allerdings darf sie keinesfalls erfahren, dass ich Sie darum gebeten habe. Es wäre ihr unangenehm.«

»Sie können sich auf meine Diskretion verlassen«, bestätigte Mr Woodcock mit fester Stimme.

»Ausgezeichnet. Es wird ihr so wohltun, ein wenig Gesellschaft zu haben. Ich glaube, sie fühlt sich oft einsam, müssen Sie wissen. Ein Jammer. So eine warmherzige und überaus reizende Frau, noch dazu so hübsch! Und überaus musikalisch. Sie wird gewiss gern mit den Kindern singen. Traurig, wirklich traurig, dass der Herr ihren Gatten so früh zu sich genommen hat.«

Catherine lächelte. Eines musste man Mama lassen: Sie war geschickt. Ihre Worte hatten Mrs Collingwood in eine wahre Lichtgestalt verwandelt und somit dem schüchternen, alleinstehenden Pfarrer einen ansprechenden Köder ausgelegt, den er nur zu schnappen brauchte.

»Eine wahre Verschwendung, wenn Sie mich fragen, dass so eine treue und warmherzige Seele alleinstehend ist«, beeilte sie sich zu ergänzen. »Ich werde umgehend mit Lord Burlingto sprechen. Und wenn er einverstanden ist, sollte ich gleich am Nachmittag Mrs Collingwood aufsuchen und sie fragen, ob Sie Ihnen und Mrs Arnold mit der Ausrichtung des Picknicks und dem Unterhaltungsprogramm helfen könnte. Wäre es nicht eine wunderbare Fügung, wenn wir den Kindern und der armen Mrs Collingwood helfen könnten?«

Wenn Catherine es sich recht überlegte, musste sie nicht einmal ein schlechtes Gewissen haben, Teil dieses Komplotts zu werden. Sie schätzte Mrs Collingwood auf Mitte oder Ende zwanzig, und der Pfarrer konnte nicht viel älter sein. Vom Alter und vom gesellschaftlichen Stand wären die beiden wie füreinander geschaffen. Es war ein beinahe perfekter Plan. Nun kam es nur noch darauf an, Mrs Collingwood eine überzeugende Geschichte zu erzählen, wie man ausgerechnet auf sie verfallen war, und dabei gleichermaßen den Junggesellenstatus sowie die Vorzüge des Pfarrers zu betonen. Aber sie hatte keinen Zweifel, dass Mama schon etwas einfallen würde.

KAPITEL 12

Picknick mit Überraschungen

»Mit dem Wetter haben wir großes Glück«, stellte Dotty zufrieden fest und betrachtete die Kinder, die ausgelassen herumtollten, Nachlaufen und Federball spielten, während Lord Burlingtons Bedienstete alles Notwendige für das Picknick von den Wagen holten und den Hügel hinauftrugen. Bei einem seiner Pächter hatte er einen Heuwagen geliehen, auf dem Mrs Arnolds Kinder mitsamt der Kissen, Decken, Körbe und Kisten bequem Platz gefunden hatten. Dorothy, Mrs Arnold und Mr Woodcock waren komfortabler in der Kutsche angereist.

»In der Tat. Besser hätten wir es nicht treffen können«, stimmte Mrs Arnold zu und lachte. »Sehen Sie sich unseren Mr Woodcock an. Ihm scheint der Ausflug ebenso wohlzutun wie den Kindern.«

Der Pfarrer, der ihr zurückhaltend und streng erschienen war, blühte tatsächlich auf. Er hatte es sich nicht nehmen lassen, selbst zum Federballschläger zu greifen, und zählte laut mit, jedes Mal, wenn der Ball einen Schläger berührte.

»Lady Burlington ist äußerst großzügig, dass sie all dies für uns möglich gemacht hat«, stellte Mrs Arnold fest. »Und ich freue mich, dass Sie für Miss Shirley einspringen und uns begleiten konnten. Ich werde jetzt die Großen mitnehmen, um für unser Stück zu proben. Wenn Sie und Mr Woodcock derweil die Bühne aufbauen könnten …« Sie sah sich suchend um. »Die beiden kleinen Birken finde ich ideal. Dazwischen könnten Sie die Leine aufspannen. In dem Korb dort sind Decken und Laken, die als Vorhang dienen können.«

Als Mrs Arnold die älteren Kinder zu sich gerufen und zum Proben mitgenommen hatte, machte sich Dorothy sofort daran, mit Mr Woodcocks Hilfe die Leine aufzuspannen und einen Theatervorhang aus alten Bettlaken daran zu befestigen.

»Es war sehr freundlich von Ihnen, sich als Begleitung anzubieten. Sie sind Mrs Arnold und mir eine große Hilfe. Es gibt doch so vieles, an das wir denken müssen. Und ich freue mich, dass Sie für uns singen werden.«

Dorothy lachte. »Ich fürchte allerdings, dass ich in dieser Hinsicht kein adäquater Ersatz für Miss Shirley bin. Sie haben auf der Fahrt so von deren Gesang geschwärmt, dass ich Sie nur enttäuschen kann. Ich habe eine sehr durchschnittliche Gesangsstimme. Aber ich will mir redlich Mühe geben, wenn ich den Kindern damit eine Freude machen kann.«

»Ich bin mir sicher, Sie untertreiben, Mrs Collingwood. Sie haben bestimmt eine zauberhafte Stimme.«

Dorothy schenkte ihm ein Lächeln.

»Sehr freundlich von Ihnen, Ihr Vertrauen in mich zu setzen.«

Als sie die Bühne hergerichtet und geschmückt hatten, waren auch Lady Burlingtons Diener mit den Vorbereitungen für das Picknick fertig. Decken waren im Gras ausgebreitet und mit bequemen Kissen bestückt worden und auf einem langen Tisch aufgereiht standen Schüsseln, Körbe und Krüge voller Köstlichkeiten, die Mrs Arnolds Schützlinge nur selten zu essen bekamen: duftende, frische Brotlaibe, Käse, Pasteten, Eingemachtes und Eingelegtes, kalter Braten, Korinthenküchlein und dicke, gelbe Sahne und dazu Tee, Schokolade und Fruchtsaft. Sie konnten kaum abwarten, endlich zulangen zu dürfen, und so gesellten sich Dorothy und der Pfarrer zu ihnen, um sie mit Spielen bei Laune zu halten, bis das Picknick eröffnet würde.

Plötzlich waren Pferde zu hören. Dorothy beschattete ihre Augen mit der Hand und hielt nach der Quelle des Geräusches Ausschau.

»Unten an der Straße hält eine Kutsche«, rief sie. »Erwarten wir denn noch jemanden?«

»Nicht, dass ich wüsste.« Der Pfarrer hielt im Spiel inne und kam zu ihr, um ebenfalls zu schauen, wer dort gekommen war. »Ist das nicht Lord Burlingtons Wappen?«

Gespannt wartete Dorothy, bis der Kutscher den Schlag öffnete.

»Das ist ja Miss Shirley!«, rief sie. »Und Lady Burlington und der Lord selbst.«

»Lord Beresford ist auch bei ihnen.« Mr Woodcock nahm seinen Hut ab und winkte den Ankommenden, die nun den Fußweg heraufstiegen. »Hallo! Hier sind wir. Was für eine Überraschung.«

In der Tat. Was für eine Überraschung. Dorothys Herzschlag beschleunigte sich merklich, und sie versuchte rasch, ihre Frisur ein wenig zu bändigen, und zupfte ein Blatt von ihrem Rock. Schließlich war sie auf derart vornehmen Besuch nicht eingestellt.

»Nanu?« Auch Mrs Arnold war inzwischen zurückgekehrt und sah verwundert zu den Ankommenden. »Mit Lord und Lady Burlington hätte ich nun wirklich nicht gerechnet.«

Freudig gingen sie der Gruppe entgegen, um sie zu begrüßen und zum Picknickplatz zu führen.

»Ich hoffe, unser spontaner Überfall stört Sie nicht, Mrs Arnold«, sagte Lord Burlington.

»Aber im Gegenteil, Mylord. Wir freuen uns. Und die Kinder werden nicht schlecht staunen, dass wir so hohen Besuch bekommen.«

»Es ist in der Tat eine freudige Überraschung, dass Sie es doch möglich machen konnten«, wandte sich der Pfarrer an Miss Shirley.

»Sie sehen mich erleichtert.« Dorothy lachte. »So kommen die Kinder um das zweifelhafte Vergnügen, mich singen zu hören, fürs Erste noch einmal herum.«

»*Zweifellos*, Mrs Collingwood«, verbesserte der Marquess mit einem Lächeln. »Es wäre zweifellos ein Vergnügen, Sie singen zu hören.«

»O nein, Mylord. Glauben Sie mir. Mit Miss Shirley ist uns allen weit besser gedient. Ich verstehe mich lediglich auf den Vortrag von Gedichten.«

»Dann sollten Sie uns unbedingt das Vergnügen gönnen und später eines zum Besten geben«, schlug Beresford vor.

»Sehr gern, Mylord. Aber wie kommt es, dass Sie hier sind? Wir waren davon ausgegangen, Sie hätten andere Verpflichtungen.«

»Die arme Mrs Shirley hat sich offenbar eine böse Erkältung eingefangen und muss das Bett hüten, sodass Lady Burlington die Besuche der Damen verschoben hat«, erklärte Lord Beresford. »Als Mrs Shirley erwähnte, wie froh Sie sei, dass Sie sich bereit erklärt haben, Mr Woodcock und Mrs Arnold zu helfen, und wie gern sie selbst dabei gewesen wäre, schlug ich vor, wir könnten uns doch spontan auf den Weg machen und sehen, ob wir Sie finden. Und da sind wir nun.«

»Oje, die arme Mrs Shirley. Ich hoffe, es geht ihr rasch besser. Wir wollen ihr später einen hübschen Strauß Wiesenblumen pflücken und ihr auf jeden Fall etwas Gutes vom Picknick verwahren«, schlug Dorothy vor.

Schon hatten sie den Picknickplatz erreicht und stellten den neugierigen Kleinen den hohen Besuch vor. Es war ihnen anzusehen, wie erstaunt und stolz sie waren, so illustre Gäste auf ihrem Frühlingsfest zu haben. Es kam schließlich nicht alle Tage vor, dass ein Earl, eine Countess und ein Marquess sie besuchten.

Auch Miss Shirley strahlte. Der Ausflug schien ihr große Freude zu bereiten.

»Ich finde es großartig, wie Sie sich für die Kinder einsetzen«, wandte sie sich an Mr Woodcock. »Mrs Arnold kann sich glücklich schätzen, in Ihnen so einen tüchtigen Unterstützer gefunden zu haben.«

Der Pfarrer errötete. »Vielen Dank«, entgegnete er verlegen. »Wissen Sie, ich bin nicht so geschickt im Umgang mit Fremden und kein besonders geistreicher oder unterhaltsamer Redner. Ich fürchte, meine Predigten langweilen die Leute. Jedoch zahle ich der Gemeinde ihre Geduld gern zurück, indem ich mich um die Schwächeren und weniger Gesegneten meiner Schäfchen kümmere. Und heute kann ich gleich zwei meiner großen Leidenschaften verbinden: praktische Nächstenliebe zu üben und die Bewunderung der überwältigenden Schönheit der Schöpfung, die der Herr uns geschenkt hat.«

»Das haben Sie aber schön gesagt«, kommentierte Miss Shirley. »Ich weigere mich zu glauben, dass Ihre Predigten langweilig sind. Sie sind lediglich zu bescheiden.«

Dorothy musste schmunzeln. Offenbar trafen hier verwandte Seelen aufeinander. Aus dem Augenwinkel fing sie ein wissendes Lächeln des Marquess auf. Auch er schien die besondere Sympathie zwischen Miss Shirley und Mr Woodcock bemerkt zu haben.

Das Wetter hielt sich und das Picknick wurde ein voller Erfolg. Es bereitete Dorothy großes Vergnügen, den Kindern zuzusehen, ihre unverstellte Freude zu genießen und den Stolz in den Gesichtern der Älteren zu sehen, als sie das eigens geprobte Theaterstück aufführten.

Danach lauschten alle gebannt Miss Shirleys Gesangsdarbietung, niemand mit sichtbar größerem Entzücken als Mr Woodcock, der am Ende des Vortrags frenetisch Applaus spendete und nach einer Zugabe verlangte.

»Sie sind uns noch einen Gedichtvortrag schuldig, Mrs Collingwood«, rief Lord Beresford und Dorothy spürte, wie sie errötete.

»Ich fürchte, nach Miss Shirleys zauberhaftem Gesang wäre mein Vortrag nur ein äußerst dürftiger Kunstgenuss. Vielleicht ein anderes Mal.« Sie lachte ein wenig unbeholfen. Die Wahrheit war, dass eine ungewohnte Schüchternheit sie befallen hatte.

»Das ist sehr schade«, entgegnete Lord Beresford mit aufrichtigem Bedauern in der Stimme. »Kann ich Sie nicht vielleicht noch umstimmen?«

»Wir wollen die arme Mrs Collingwood doch nicht drängen«, schaltete sich Lady Burlington ein. »Schließlich sind wir ihr zu Dank verpflichtet, dass sie sich bereit erklärt hat, Mrs Arnold und Mr Woodcock zu helfen. Ich schlage vor, noch einen kleinen Spaziergang zu unternehmen. Was meinen Sie, Mrs Collingwood?«

»Sehr gern, Mylady. Ein wenig Bewegung wird uns allen wohltun.« Dorothy war froh, sich um den Vortrag drücken zu können. Wie ihre Reaktion auf sein unerwartetes Auftauchen, so machte auch die plötzliche heftige Verlegenheit ihr bewusst, dass sie offenbar etwas für Lord Beresford empfand. Warum sonst wurde sie in seiner Gegenwart nervös wie ein verliebter Backfisch? Dieses Gefühl ärgerte und verwirrte sie. Auch wenn Mrs Shirley Hintergedanken gehabt haben mochte, ihre Warnung bezüglich des Marquess besaß durchaus einen wahren Kern. Dorothy wusste nur zu gut, dass es für eine Frau in ihrer Situation töricht war, ihre Hoffnungen auf jemanden vom Format Lord Beresfords zu richten. Gewiss, es war nicht zu übersehen, dass er Interesse an ihr zeigte. Das war durchaus schmeichelhaft, jedoch wäre es ein Fehler gewesen, anzunehmen, dass sie für ihn jemals mehr als eine amüsante Ablenkung darstellen könnte. Zu groß waren die Unterschiede zwischen ihren Lebenswelten, zu vielfältig die Zerstreuungen, die er gewohnt war. Sie war eine schlichte Frau mit einfachen Bedürfnissen, die nicht in seine Kreise passte. Selbst wenn der Marquess also ein ernsthaftes

Interesse an ihr gehabt hätte, hätte man sie das zweifelsohne bei jeder Gelegenheit spüren lassen. Es war klüger, sich gar nicht erst in Gefahr zu begeben und falsche Hoffnungen gleich im Keim zu ersticken.

Als sie anschließend zum Spaziergang aufbrachen, marschierten die Kinder, angeführt von Mrs Arnold, in Zweierreihen Hand in Hand munter vorweg. Dahinter folgten Miss Shirley und der Pfarrer. Darum bemüht, Abstand zu Lord Beresford zu wahren, schloss Dorothy sich Lady Burlington an, die hinter ihrer Schwester ging. Da sie nicht recht wusste, worüber sie mit der Countess sprechen sollte, beschränkte sie sich auf das Naheliegende.

»Wie herrlich! Und die Kinder haben solch eine Freude. Es war eine wundervolle Idee und äußerst großzügig von Ihnen, den Kindern diesen Ausflug zu ermöglichen, Mylady.«

»Ich fühle mich dafür reich belohnt«, entgegnete diese lächelnd, doch Dorothy entging nicht, wie bemüht ihre Ladyschaft war, Miss Shirley und Mr Woodcock im Blick zu behalten. Höchstwahrscheinlich hatte sie für ihre Schwester andere Pläne, die sie nun gefährdet sah. Umso mehr Anlass, sich aus diesen Angelegenheiten herauszuhalten, dachte Dorothy und widerstand der Versuchung, sich zu den beiden Herren umzuwenden, die hinter ihnen gingen.

Die Sonne stand bereits weit im Westen, als sie den Picknickplatz wieder erreichten. In der Zwischenzeit hatten Lady Burlingtons dienstbare Geister die Überreste des

Picknicks zusammengepackt und damit begonnen, sie den Hügel abwärts zu tragen, wo die Wagen warteten.

Dorothy bemerkte zu spät, dass Lord Beresford zu ihr getreten war.

»Sie gehen mir doch nicht etwa aus dem Weg, Mrs Collingwood?«

»Oh, nein. Natürlich nicht, Mylord.« Sie rang sich ein Lächeln ab. Schließlich wollte sie den Marquess lediglich zu ihrem eigenen Besten auf Abstand halten, nicht vor den Kopf stoßen oder verletzen. »Bitte halten Sie mich nicht für kindisch, aber nach Miss Shirleys perfekter Gesangsdarbietung habe ich mich tatsächlich etwas geniert. So kunstvoll wäre mein Gedichtvortrag bei Weitem nicht ausgefallen.«

»Erstens bin ich überzeugt, dass das nicht wahr ist, und zweitens hätte ich ihn wirklich gern gehört.« Sein Lächeln erreichte auch seine Augen, was ihm einen äußerst sympathischen Zug gab. Ihr dunkler Honigton gab seinem Ausdruck etwas Warmes, Vertrauenerweckendes, das Dorothy gut gefiel. Sie mahnte sich zur Vorsicht. Mit solchen Kleinigkeiten fing es an, und ehe man sichs versah, machte man sich die kühnsten Hoffnungen, die jeder Vernunft zuwiderliefen.

»Ich muss gestehen, dass die Aussicht, Sie heute hier wiederzusehen, womöglich nicht ganz unschuldig daran war, dass ich Burlington diesen spontanen Ausflug vorschlug.«

Mit einem Lachen, das unbeschwert klingen sollte, tat sie seine Bemerkung ab und beschloss, darauf nicht weiter einzugehen.

»Seien Sie gewiss, dass Sie mit meinem Gedichtvortrag tatsächlich nichts versäumt haben, Lord Beresford.«

»Dennoch bin ich neugierig, welches Gedicht Sie gewählt hätten.« Offenbar ließ er nicht so schnell locker. »Vielleicht ein Frühlingsgedicht?«

»Ehrlich gesagt, hatte ich mir darüber noch gar keine Gedanken gemacht«, gab sie zu und dachte nach. »Vielleicht Robert Herrick oder Shakespeare. Nicht besonders originell, fürchte ich. Kürzlich hörte ich bei einer Gesellschaft ein wunderschönes Gedicht. Der Titel war *Ein neuer Frühling.* Es war ein lyrische Ballade, ein Zwiegespräch zwischen zwei Liebenden. Sie war betrübt, weil sie daran denken musste, dass alle Pracht des Frühlings vergänglich sei und Herbst und Winter sie unweigerlich zerstören würden. Er tröstete sie mit dem Gedanken, dass sie dennoch gewiss sein könne, dass auch dem bittersten Winter immer wieder ein neuer Frühling folge. Leider habe ich mir den Namen des Verfassers nicht gemerkt.«

»Das klingt sehr schön. Ein wenig melancholisch, aber auch tröstlich. Diese Furcht vor der Vergänglichkeit des Glücks kann ich nur zu gut nachempfinden. Willkommen und Abschied liegen im Leben oft nah beieinander und alles befindet sich stets im Wandel. Doch so flüchtig das Glück ist, tröstet es mich, mir ins Bewusstsein zu rufen, dass auch

Unglück und Verzweiflung nicht ewig währen. Ich hätte das Gedicht nur zu gern aus Ihrem Munde gehört.«

Damit hatte er genau erfasst, was Dorothy an dem Gedicht berührt hatte. Seine Honigaugen blickten sie direkt an, und sofort war da wieder dieses Gefühl angenehmer Aufregung, wie ein Echo aus der Vergangenheit. Warm, süß und berauschend war es – und gefährlich. Wenn man sich von diesen Empfindungen emporreißen ließ, konnte der Fall am Ende tief und schmerzlich sein. Für Dorothy stand es außer Frage, dass das Interesse Lord Beresfords nicht von Dauer sein konnte. So schmeichelhaft seine Aufmerksamkeiten auch sein mochten – es war klüger, keine Hoffnungen darauf aufzubauen. Bald würde er zurück nach London reisen und sie nur allzu rasch vergessen haben.

»Sie schweigen. Ich bin hoffentlich nicht zu aufdringlich gewesen?«

»O nein, Mylord. Ich dachte nur über das Gedicht nach. Sie haben recht, die Gewissheit, dass auf jeden Winter auch wieder ein Frühling folgt, hat etwas Tröstliches. Der Lauf der Zeit ist Fluch und Segen zugleich, nicht wahr?«

»Mit der Zeit lässt sich vieles leichter ertragen«, stimmte der Marquess ihr zu. »Ich denke, das wissen wir beide aus Erfahrung.«

Dorothy war verwundert. »Wie meinen Sie das?«

»Nun, Sie erwähnten, dass Sie Ihren Gatten verloren haben. Auch ich bin Witwer. Meine Frau starb vor fünf Jahren. Mit der Zeit wird es leichter, damit zu leben.«

Dorothy nickte. »Da haben Sie recht.«

»Nun, hoffen wir, dass es auch für uns noch einen neuen Frühling geben wird.« Ein verschmitztes Lächeln breitete sich auf seinem Gesicht aus. »Darf ich Ihnen einen Handel vorschlagen, Madam?«

»Einen Handel, Mylord?«

»Ja. Wenn ich dieses Gedicht für Sie finde, versprechen Sie dann, es mir bei Gelegenheit vorzutragen?«

Dorothy lachte. Das Versprechen konnte sie ihm unbesorgt geben, denn es war unwahrscheinlich, dass er das Gedicht in Lord Burlingtons Bücherei würde auftreiben können. Sie hatte den Namen des Verfassers nicht gekannt und nahm an, dass es sich um einen unbekannteren Dichter handelte.

»Der Handel gilt, Mylord. Wenn Sie es finden können, werde ich es Ihnen gern vortragen.«

»Damit will ich mich zufriedengeben.« Beresford verneigte sich kurz. »Erlauben Sie mir, dass ich Ihnen bei Gelegenheit einen Besuch abstatte, um Sie über den Fortgang meiner Nachforschungen zu informieren?«

Die Regeln der Höflichkeit machten es ihr schwer, eine solche Bitte abzulehnen.

»Selbstverständlich gern, Mylord. Allerdings ist Bramble Cottage eine sehr bescheidene Heimstatt und nicht unbedingt geeignet für derart hohen Besuch.«

»Ich wette, es ist zauberhaft«, entgegnete Lord Beresford. »Ebenso wie seine Bewohnerin«, setzte er leiser hinzu, »wenn Sie mir die Vertraulichkeit verzeihen.«

Dorothy wusste nicht recht, wie sie auf das Kompliment reagieren sollte, also nickte sie nur kurz und lächelte.

»Ich denke, die Wagen sind bald zur Abfahrt bereit. Wir sollten uns auf den Weg machen.«

KAPITEL 13

Gebrauchte Ware

»Mylord, der Bote ist zurück und lässt Ihnen dies hier bringen«, meldete der Butler und streckte Lord Burlington ein Silbertablett entgegen, auf dem ein kleines, in Leder gebundenes Büchlein lag.

Burlingtons fragender Blick wanderte vom Butler zu Archibald, der aufstand und das schmale Lederbändchen vom Tablett nahm.

»Ausgezeichnet. Richten Sie Willows meinen Dank aus. Sie dürfen gehen.«

»Sehr wohl, Mylord.«

Damit verließ der Butler das Arbeitszimmer und schloss die Tür hinter sich.

»Ich habe mir erlaubt, Willows nach London zu schicken, um etwas für mich zu besorgen«, erklärte Archibald dem noch immer verwundert dreinblickenden Lord Burlington.

»Nach London? Ich bin äußerst gespannt, was es damit auf sich hat, lieber Freund. Gewiss werden Sie es mir verraten, nicht wahr?«

Archibald blätterte in dem Büchlein, bis er gefunden hatte, was er suchte. Er war bester Laune und äußerst zufrieden mit sich.

»Na also! Da ist es ja.«

»Sie machen mich neugierig, Beresford.« Burlington beugte sich in seinem Sessel vor, griff nach der Pfeife und begann, sie zu stopfen.

»Ich bin eine Wette eingegangen. Man traute mir nicht zu, ein gewisses Gedicht aufzutreiben. Das konnte ich nicht auf mir sitzen lassen.«

»Man?« Burlington legte den Kopf schräg und sah ihn prüfend an.

»Mrs Collingwood.«

»Es scheint Ihnen durchaus daran gelegen, Ihre Bekanntschaft mit dieser Dame zu vertiefen.« Burlington schüttelte den Kopf und lachte. »Ich hätte Sie für besonnener gehalten, als dass Sie sich von einem hübschen Gesicht zu romantischen Torheiten verleiten lassen. Passen Sie auf, worin Sie sich da verrennen, mein Freund. Wenn Sie ehrlich sind, müssen doch auch Sie einsehen, dass Theresa Shirley die vernünftigere Wahl ist.«

»Ist sie das?« Die Frage klang angriffslustiger als beabsichtigt, doch Burlingtons Kommentar ärgerte ihn.

»Verzeihen Sie. Ich möchte Miss Shirley keinesfalls herabsetzen. Sie ist eine zauberhafte junge Frau, jedoch sehe ich nicht, inwiefern sie Mrs Collingwood vorzuziehen sein sollte. Soweit ich weiß, und ich hoffe, Sie verzeihen meine

Direktheit, stammt sie doch aus ähnlichen sozialen und finanziellen Verhältnissen.«

»Lieber Freund, ich fürchte, Ihre eigentümliche Vernarrtheit in diese Frau hat Ihnen den Verstand vernebelt. Sie brauchen doch nur hinzusehen. Theresa Shirley ist jung und außergewöhnlich schön. Jeder Mann würde es verstehen, wenn Sie sie zur Frau nähmen. Jedoch eine Witwe? Gebrauchte Ware? Wie alt mag sie sein? Siebenundzwanzig? Jedenfalls hat sie ihre Blüte bereits lang überschritten. Sie wollen doch eine Frau, die Ihnen gesunde Erben schenken kann.« Burlington ging zum Kamin und nahm einen Fidibus aus der Dose auf dem Sims, mit dem er seine Pfeife anzündete. »Glauben Sie mir, Beresford, Sie würden es bitter bereuen, wenn Sie Ihrer Affenliebe Taten folgen ließen. Mrs Collingwood ist gewiss reizend und eine gute Seele, jedoch keine Marchioness of Beresford. Das müssen Sie doch einsehen.«

Er paffte einige Rauchwölkchen in die Luft und fuhr fort.

»Miss Shirley ist sicherlich nicht perfekt, jedoch jung und formbar. Verzeihen Sie den kruden Vergleich, aber mit einer Frau ist es doch nicht anders als mit einem Pferd. Eine junge Stute lässt sich zureiten. Kaufen Sie eine alte Mähre, müssen Sie mit deren Eigenheiten und Starrsinn leben und werden wenig Freude daran haben.«

Empört sprang Archibald auf.

»Burlington! Sie waren mir immer ein guter Freund, aber ich verbitte mir –«

»Schon gut, bitte verzeihen Sie. Diese Bemerkung war wohl ein wenig zu harsch. Allerdings bin ich in ernster Sorge, dass Sie eine Dummheit begehen. Eine solche Verbindung wird Ihnen viel Ärger und Gerede einbringen, Beresford. Mit Miss Shirley wäre Ihnen in jeglicher Hinsicht besser gedient. Kommen Sie, setzen wir uns wieder und wenden uns erfreulicheren Themen zu.«

Der Earl machte eine einladende Geste zu den Sesseln hinüber. Widerstrebend nahm Archibald Platz.

»Wir wollen uns doch nicht wegen einer Frau streiten«, setzte Burlington in versöhnlichem Ton hinzu. »Möglicherweise mache ich mir zu viele Gedanken. Mrs Collingwood scheint mir eine bodenständige Person zu sein, die ihren Platz in der Gesellschaft wohl kennt. Jedenfalls machte es auf dem Picknick nicht den Eindruck, als fänden Ihre Aufmerksamkeiten viel Widerhall. Sie wirkte sehr zurückhaltend. Vermutlich hat sie kein gesteigertes Interesse daran, zur Zielscheibe für den Klatsch und die Sticheleien zu werden, die eine so ungleiche Verbindung unweigerlich nach sich zöge.«

So wütend Burlingtons Worte ihn gemacht hatten, so nachdenklich stimmten sie Archibald jetzt. War er in dieser Angelegenheit zu naiv und übersah nur allzu bereitwillig die Probleme, die eine nähere Bekanntschaft mit Mrs Collingwood nicht allein für ihn mit sich brächte? War das der Grund für ihre auffällige Zurückhaltung am Tag des Picknicks gewesen? Oder gab es womöglich bereits einen anderen, dem ihr Herz gehörte? Dieser Gedanke behagte Archibald nicht und er versuchte, ihn zu verdrängen.

Als er schließlich das Arbeitszimmer verließ, um sich in sein Zimmer zu begeben, bemerkte er, dass die Tür zu Lady Burlingtons privatem Salon offen stand. Stimmen drangen hinaus in den Korridor und obwohl es ihm widerstrebte zu lauschen, blieb er stehen, als er seinen Namen hörte.

»Aber Lord Beresford ist so alt, Mama. Und überhaupt schien er sich mehr für Mrs Collingwood zu interessieren.« Das war Miss Shirleys Stimme.

»Papperlapapp, Mrs Collingwood. Sie kann dir in keiner Weise das Wasser reichen. Dass du dich an diesen Einfaltspinsel Woodcock wegwerfen möchtest, wenn dir alle Möglichkeiten offenstehen, ist einfach unbegreiflich.«

»Aber Mama, ich finde, Mr Woodcock würde ausgezeichnet zu Theresa passen, und er verfügt über die nötigen Mittel, ihr ein bequemes Auskommen zu sichern.«

»Bequem! Wohl kaum, Catherine. Möchtest du, dass deine Schwester hier auf dem Lande in einem kleinen Pfarrhaus versauert, wenn sie eine Zierde für jeden Ballsaal in London wäre? Nein, Theresa, du bist zu Höherem geboren. Vor dieser impertinenten Person jedenfalls musst du dich nicht verstecken. Gottlob scheint sie mir einen gesunden Menschenverstand zu besitzen. Sie weiß wahrscheinlich nur zu gut, dass sie sich in der besseren Gesellschaft lächerlich machen würde. Wenn sie klug ist, hat sie längst einen Passenderen am Wickel. Hübsch genug ist sie ja.«

Rasch lenkte Archibald seine Schritte zur Treppe. Er hatte genug gehört. In seinem Zimmer setzte er sich an den Schreibtisch und blätterte erneut das Büchlein auf. Die Freude an seinem Triumph war ihm schnell vergangen. Nun fragte er sich, ob Lord Burlington und Mrs Shirley recht hatten. War es nicht die reine Unvernunft, eine nähere Bekanntschaft mit Mrs Collingwood anzustreben? Bei ihrer ersten Begegnung und erst recht später auf dem Ball auf Snowshill war er sich so sicher gewesen, dass die Anziehung gegenseitig sei. Nun fragte er sich, ob es nicht arrogant war zu glauben, eine Frau wie Mrs Collingwood habe nur auf jemanden wie ihn gewartet. Als wohlhabender Junggeselle von Rang hatte er sich so daran gewöhnt, dass sein Auftreten stets Begehrlichkeiten bei unverheirateten Damen weckte, dass er wie selbstverständlich davon ausgegangen war, dass auch sie überglücklich sein musste, wenn sie sich Marchioness of Beresford nennen dürfte.

War sie ihm auf Box Hill nicht stets ausgewichen? Hatte sie nicht alle seine Annäherungsversuche höflich abgewehrt? Archibald seufzte.

Er dachte an die harschen Worte, mit denen Burlington und Mrs Shirley die arme Mrs Collingwood bedacht hatten. In den Salons der besseren Gesellschaft würde man nicht freundlicher über sie reden. Man würde seiner Wahl mit Unverständnis und Häme begegnen. Ihm fiel auf Anhieb eine ganze Reihe Leute in seinen Kreisen ein, die über eine solche Verbindung die Nase gerümpft hätten. Konnte und wollte er ihr das zumuten, sie den Lästermäulern zum Fraß vorwerfen?

Er war doch bisher wunderbar ohne eine Frau zurechtgekommen. Warum wollte er sich und ihr all das antun? Nein, er würde unverzüglich nach London zurückkehren und sich diese unsinnige Schwärmerei aus dem Kopf schlagen. Vorher jedoch gab es noch etwas zu erledigen.

KAPITEL 14

Ein neuer Frühling

Dorothy streute den Brief mit Sand ab und wartete, bis die Tinte vollständig getrocknet war, dann faltete sie ihn sorgfältig, versiegelte ihn und legte ihn zu den anderen. Sie hatte an diesem Morgen ungewöhnlich lange für ihre Korrespondenz gebraucht. Immer wieder hatte sie festgestellt, dass sie nicht bei der Sache war und ihre Gedanken abschweiften. Egal wie oft sie sich ermahnte, sich nicht in albernen Fantasien und Schwärmereien zu ergehen, musste sie doch wiederholt an ihre Begegnungen mit Lord Beresford denken. Er hatte etwas an sich, das sie berührt hatte. Tief in ihrem Herzen hatte er eine Sehnsucht aufgeweckt, die sie nicht mehr zum Schweigen bringen konnte.

Ihr war, als wäre sie aus einem langen Winterschlaf erwacht. Wie ein Samenkorn in der Erde hatte sie sich vor der Welt verborgen geschlafen und die Frühlingssonne hatte sie zum Leben erweckt. Sie war noch so jung gewesen, als die Nachricht von Henrys Tod ihre Zukunftsträume zerstört hatte. Seither hatte sie nicht gewagt, von Liebe, Ehe und Familie zu träumen. Selbstredend wäre es töricht, ihre

Hoffnungen in dieser Hinsicht auf den Marquess zu richten, jedoch hatte ihr die Begegnung mit ihm zweierlei vor Augen geführt: Erstens war sie noch zu jung, um ihre Träume von Zweisamkeit zu begraben und zweitens waren ihre Fähigkeit zu lieben und ihre Sehnsucht, geliebt zu werden, keineswegs mit Henry gestorben. Sie waren offenbar noch recht lebendig und brachen nun mit aller Macht an die Oberfläche. Wieder einmal hatte Maria recht behalten. Dotty sollte sich dem Gedanken, noch einmal zu heiraten, nicht verschließen: Einen bescheidenen, freundlichen Mann, der sie ernst nahm und bei dem sie sich nicht verstellen musste. Vermutlich war es das, was ihr an Beresford gefallen hatte. Sie hatte bei ihm immer das Gefühl gehabt, seine ungeteilte Aufmerksamkeit zu genießen. Zwar schien er sich seines Standes und Autorität durchaus bewusst, jedoch hatte er es offenbar nicht nötig, sie demonstrativ nach außen zu kehren. Er wirkte bodenständig, beinahe bescheiden und strahlte die gelassene Würde eines wahren Gentleman aus. Zu gern hätte sie sich eingebildet, dass sein Interesse an ihr ernsthafter Natur wäre, aber sie war nicht so naiv. Dazu hätte es nicht einmal der warnenden Worte von Mrs Shirley auf dem Ball in Snowshill bedurft. Letztlich zog ein jeder für eine Ehe doch nur die in Betracht, die sich in denselben gesellschaftlichen Kreisen bewegten. Jammerschade, denn sie hatte Beresford wirklich gern, aber so war es nun einmal.

Sie wollte sich jedoch nicht verdrießen lassen. Sie glaubte genauso wenig an Zufälle wie an ein unabänderliches

Schicksal. Jede Begegnung, jedes Erlebnis stieß etwas an. Man hatte es selbst in der Hand, Lehren daraus zu ziehen, Herausforderungen anzunehmen und zu meistern. Was nützte es, seinen Blick auf die Vergangenheit zu richten, sich in einem Sumpf aus verpassten Gelegenheiten, Fehlschlägen und Unglück zu suhlen? Auch wenn es manchmal Zeit brauchte, man musste den Blick nach vorne richten und seinen Weg unbeirrt fortsetzen. Sich in Kummer zu ergehen, dass sie Lord Beresford nicht haben konnte, wäre ebenso sinnvoll wie über verschüttete Milch zu weinen. Gewiss, jetzt tat es weh, doch sie wusste, dass sie stark genug war, Kummer zu ertragen. Schließlich hatte sie einen weit schlimmeren Verlust verwunden. Wenn sie dazu bereit war, würde es für sie bestimmt einen Mann geben, der dem Marquess im Charakter an nichts nachstünde, der jedoch nicht so weit außerhalb ihrer sozialen Klasse stand. Vielleicht ein Witwer mit Kindern, wie Maria vorgeschlagen hatte. Möglicherweise waren ihr auch eigene Kinder vergönnt. Noch blieb ihr Zeit, sich ein neues Leben aufzubauen. Der Gedanke, sich noch einmal zu verlieben und ihr Leben mit jemandem zu teilen, erschien ihr plötzlich nicht mehr abwegig, nicht mehr falsch. Es fühlte sich nicht mehr an, als ob sie Henry hinterginge. Diese Erkenntnis war weniger erschreckend als befreiend. Ja, sie wollte wieder nach vorn blicken. Wenn sie sich für eine Beziehung mit einem Mann öffnete, würde es anders sein als damals mit siebzehn. Sie würde es in der Gewissheit tun, dass sie ihr Auskommen hatte und sich auch selbst genug war. Keine äußeren Umstände zwangen sie, schnelle Entscheidungen zu treffen. Wenn es sein sollte, würde sie dem Richtigen begegnen.

Sie war traurig, aber dennoch seltsam zuversichtlich und gelöst. Als sie das Schreibzeug zurück in die Schachtel legte und diese in der Truhe unter dem Fenster verstaute, fiel ihr Blick auf die Narzissen und Iris, die in dichten Büscheln gelbe und blaue Farbtupfer in das frische Grün des Gartens setzten. Sie beschloss, hinauszugehen und einen Strauß zu schneiden. Sie hatte das Bedürfnis, den Frühling und die Hoffnung, die er weckte, ins Haus zu holen.

Sie hatte bereits einen ansehnlichen Strauß gepflückt, als sie hörte, dass sich ein Reiter näherte. Dorothy reckte sich, um durch die Lücke in den Zweigen des Haselstrauchs sehen zu können, und erkannte einen gut gekleideten Gentleman in dunklem Mantel, der auf Bramble Cottage zuhielt. *Lord Beresford.* Ihr Herzschlag beschleunigte sich deutlich. Eilig zupfte sie ihre Frisur zurecht und knetete mit den Zähnen Röte in ihre Lippen. Im gleichen Augenblick schalt sie sich für ihre unvernünftige Hoffnung. Bemüht, ihre freudige Aufregung zu verbergen, zwang sie sich, ihre Schritte zu verlangsamen. Als sie jedoch das Tor erreichte und freien Blick auf den Weg hatte, erkannte sie, dass es nicht der Marquess war, der dort angeritten kam.

»Langley!«, rief sie. »Was für eine Überraschung. Ich hatte nicht vor Mitte Mai mit Ihnen gerechnet.«

Sir George Langley stieg ab und verneigte sich. Für einen Augenblick verstörte es Dorothy, wie ähnlich er Henry war. Das gleiche flachsblonde Haar, die gleichen grauen Augen, er war nur größer und etwas kräftiger als sein Cousin. Ihr kurzes Erschrecken war offenbar nicht unbemerkt geblieben, denn Langley runzelte die Stirn.

»Ich komme doch nicht etwa ungelegen?«

»Aber nein, natürlich nicht. Kommen Sie herein, ich will Sarah bitten, uns Tee zu bringen.«

Nachdem er das Pferd dem Diener anvertraut hatte, folgte er Dorothy ins Haus.

»Es ist recht hübsch, nicht wahr?«, fragte sie, als sie seinen umherschweifenden Blick bemerkte.

»Ich hatte es mir größer vorgestellt«, entgegnete Leutnant Langley mit einem Ton des Bedauerns in der Stimme.

»Für mich reicht es vollkommen«, wehrte Dorothy gut gelaunt ab, zog ihre Gartenschürze aus und hängte sie an den Haken. »Sie müssen sich keine Sorgen um mich machen.«

»Sie haben nicht viel Hilfe, nicht wahr?«, fragte Langley mit einem Blick auf die schmutzige Schürze.

»O doch! Ich habe den Knecht und das Mädchen. Das reicht vollauf. Ich arbeite gern in Garten und Küche und versorge die Hühner. Es macht mir nichts aus. Und wenn ich in die Stadt muss oder Besuche mache, gehe ich zu Fuß oder nehme den Ponywagen. Mir fehlt es an nichts.«

»Das ist nicht, was Henry sich für Sie gewünscht hätte«, insistierte Leutnant Langley. »Er wäre bestürzt, Sie in solch bescheidenen Verhältnissen zu finden.«

Dorothy schüttelte den Kopf. »Wirklich, Langley, machen Sie sich keine Gedanken. Es geht mir gut. Schließlich war es meine freie Entscheidung, Baynton House zu verlassen und mich auf mein Witwenteil zurückzuziehen.« Sie überließ dem Mädchen, das in die Diele geeilt war, den Blumenstrauß und trug ihm auf, eine Vase zu suchen und ihnen Tee und Gebäck zu bringen. Dann wandte sie sich wieder ihrem Besucher zu und bedeutete ihm, ihr in die Wohnstube zu folgen.

»Kommen Sie, wir wollen uns setzen. Sie werden sehen, dass es mir an nichts mangelt und es in Bramble Cottage recht behaglich ist. Sie werden eine Stärkung vertragen können. Kommen Sie direkt aus London?«

»Nein, ich bin schon seit gestern hier und habe die Nacht in Baynton verbracht. Es wieder herzurichten hat weniger Zeit in Anspruch genommen als gedacht. Also kam ich her, um Haus und Land zu inspizieren.«

»Haben Sie alles zu Ihrer Zufriedenheit vorgefunden?«

In diesem Moment brachte Sarah Tee und Blumen und Langley wartete, bis das Mädchen die Stube verlassen hatte, bevor er antwortete.

»Baynton ist um diese Jahreszeit wunderschön. Das Anwesen ist hervorragend in Schuss und es lässt sich dort gewiss sehr bequem leben.« Er richtete einen forschenden

Blick auf Dorothy. »Sie und Henry sind dort bestimmt sehr glücklich gewesen.«

Anstelle einer Antwort goss Dotty Tee in die Tassen und reichte eine dem Leutnant. Der nahm sie lächelnd an und fuhr fort.

»Um ehrlich zu sein, quälte mich bei meiner Besichtigung des Hauses und der Ländereien ein schlechtes Gewissen. Es kommt mir unrecht vor, dass all das mir gehören soll und Sie sich so einschränken müssen. Natürlich standen Henry und ich uns sehr nahe, dennoch bin ich nur sein Cousin und es kommt mir falsch vor.« Langley stellte die Tasse ab, ohne Dorothy aus dem Blick zu lassen. »Seit ich Sie kenne, bin ich Ihnen in aufrichtiger Freundschaft zugetan. Ich hoffe, dass Sie mich ebenfalls als Freund betrachten?«

»Hatten Sie je Grund, daran zu zweifeln, Langley?«, erwiderte Dorothy. Ein plötzlicher Gedanke ließ sie innehalten. »Herrje, wie unhöflich von mir. Ich sollte Sie mit Sir George ansprechen, nicht wahr?«

Langley winkte lachend ab. »Bloß das nicht. Im Gegenteil, ich wollte gerade vorschlagen, dass Sie einfach George sagen.«

»George«, wiederholte sie. »Herzlich gern. Dann sagen Sie Dorothy.«

George lächelte, und Dorothy glaubte, Erleichterung in seinem Gesicht zu lesen.

»Dann war es tatsächlich Ihr freier Entschluss? Ich fürchtete, es könnte gekränkter Stolz sein, dass Sie mein Angebot ablehnten, weiterhin in Baynton zu wohnen.«

»Die Dinge sind, wie sie sind, George. Ich möchte niemandem auf der Tasche liegen und habe es nicht als Belastung empfunden, mich kleiner setzen zu müssen. Allein wäre ich mir in Baynton verloren vorgekommen. Hier fühle ich mich besser aufgehoben und geborgen.«

George nickte, nahm die Tasse wieder auf und rührte eine Weile schweigend darin. Er schien über etwas nachzudenken. Dann räusperte er sich und sah auf.

»Ich habe lange nachgedacht und möchte Ihnen einen Vorschlag machen. Er mag Ihnen zunächst ein wenig verrückt erscheinen, aber ich möchte Sie bitten, mich zu Ende anzuhören und ernsthaft darüber nachzudenken. Versprechen Sie es mir?«

Dorothy runzelte die Stirn. Worauf wollte er hinaus?

»Wie gesagt, Henry und ich standen uns nahe. Und, Sie wissen es aus meinen Briefen, seit seinem Tod fühle ich mich verpflichtet, an seiner Stelle auf Sie zu achten und Ihnen zu helfen. Leider war mir dies bisher während der Zeit meines Einsatzes auf dem Kontinent nur in begrenztem Maße möglich. Gestern in Baynton wurde mir schmerzhaft bewusst, wie schwer es für Sie gewesen sein muss, Ihr gemeinsames Heim zu verlassen.«

»Aber es war wirklich nicht –«, begann Dorothy, verstummte aber, als George die Hand hob.

»Hören Sie mich bitte erst zu Ende an. Baynton ist Henrys Elternhaus, und es war zwei Jahre lang auch Ihr Zuhause. Ich komme mir dort vor wie ein Eindringling und kann das Gefühl nicht abschütteln. Mir stehen meine Besuche bei Ihnen noch lebhaft vor Augen. Es waren glückliche Stunden, die wir dort gemeinsam verbringen durften.«

»Das ist wahr.« Dorothy nickte und schluckte gegen den Kloß im Hals an. Die Erinnerung hatte die alte Wunde wieder geöffnet. »Wir hatten uns die Zukunft damals anders vorgestellt.«

»Bitte entschuldigen Sie.« Langley zog ein Taschentuch hervor, das er ihr reichte. »Ich wollte Sie nicht unnötig aufwühlen. Ich möchte lediglich meine Gedankengänge erklären.«

Dorothy rang sich ein Lächeln ab und nickte.

»Es hätte mich ebenso treffen können wie Henry und ich weiß nicht, womit ich es verdiene, dass ich lebe und es mir ermöglicht wurde, mich zur Ruhe zu setzen.«

»Sie haben tapfer gedient und verdienen viel mehr als das«, widersprach Dorothy.

George lächelte, und Dorothy spürte ein Ziehen im Magen. Für einen Augenblick hätte sie glauben können, dass sie Henry gegenübersäße, so ähnlich war sein Vetter ihm.

»Danke, dass Sie mein Gewissen zu erleichtern versuchen. Dennoch glaube ich, dass ich unverdient viel Glück hatte. Allerdings –« Er zögerte kurz. »Allerdings versetzt es mich auch in die Lage, Ihnen endlich eine Stütze sein zu können. Dorothy, wir schätzen einander als Freunde und teilen die Erfahrung des Verlusts. Henry kann ich Ihnen nicht wiederbringen, aber ich könnte Ihnen Baynton zurückgeben. Wir könnten beide dort leben. Wir könnten einander Gesellschaft leisten.«

Dorothy sah ihn verwundert an. »Wie meinen Sie das? Machen Sie mir etwa einen Antrag?«

George schluckte. »Gewissermaßen. Ich versichere Ihnen, dass ich Sie in keiner Weise bedrängen und mich in unserem Zusammenleben ganz nach Ihren Wünschen richten würde. Wir könnten füreinander sorgen und müssten das Alter nicht fürchten. Es würde mein Gewissen beruhigen, Sie gut versorgt zu wissen. Uns verbindet die Liebe und Freundschaft zu Henry und ich denke, er würde sich wünschen, dass ich auf Sie achtgebe und Sie beschütze.«

Dorothy fehlten die Worte. Sie hatte die Hand vor den Mund genommen und sah George nur an. Ein Sturm widersprüchlichster Empfindungen tobte in ihrem Innern, dessen sie in diesem Augenblick nicht Herr wurde.

»Bitte sagen Sie etwas, Dorothy. Ich hoffe, Sie nehmen mir diesen Vorschlag nicht übel.«

Sie löste sich aus ihrer Starre und schüttelte langsam den Kopf.

»Nein. Natürlich nicht, George. Es kommt nur so plötzlich. Ich weiß ehrlich gesagt nicht, was ich Ihnen antworten soll.«

Erleichterung machte sich auf Georges Gesicht breit und er lachte.

»Himmel, nein. Ich erwarte doch nicht, dass Sie mir sofort eine Antwort geben. Denken Sie in Ruhe darüber nach. Nehmen Sie sich so viel Zeit, wie Sie brauchen.«

In seinen Augen las Dorothy Aufrichtigkeit und Zugewandtheit. Er schien sich diesen Antrag reiflich überlegt zu haben, und es war nicht von der Hand zu weisen, dass es ein vernünftiger Vorschlag war.

»Lassen Sie uns nach Baynton reiten«, sagte sie schließlich. »Ich habe es so lange gemieden. Jetzt möchte ich es sehen.«

Mit dem Pony war es ein gemächlicher Ritt, und ihre Unruhe wuchs, je näher sie ihrem Ziel kamen. Endlich aber sah sie die graue Steinfassade und die schlanken Schornsteine durch die Bäume schimmern.

Das Haus, das aus der Tudorzeit stammte, war für ein Herrenhaus nicht besonders groß oder prächtig, doch Dorothy liebte das alte, efeuüberrankte Mauerwerk und den von Mauern und Hecken umfriedeten Garten.

Alles sah noch genau so aus wie damals, als sie dem Haus den Rücken gekehrt hatte. George hatte nichts verändern oder hinzufügen lassen. Und als sie schließlich durch das wuchtige steinerne Portal ins kühle Innere des

Hauses traten, war ihr, als hätte jemand die Zeit zurückgedreht.

Vor ihr lag die breite Treppe mit dem kunstvoll gearbeiteten Geländer aus dunklem Holz, die in das obere Stockwerk führte. Rechts ging es zum Salon, zu ihrer Linken lag der Wirtschaftsflügel. Erinnerungen, Gerüche und Eindrücke strömten auf sie ein und ließen ihre Augen feucht werden.

Ihr Blick fiel auf George, der abwartend im Durchgang zu den herrschaftlichen Räumen stehen geblieben war, um ihr Zeit zu geben, und sie fühlte eine Woge warmer Zuneigung für ihn. Er war wirklich und wahrhaftig ein Gentleman und ein guter Freund. Die frappierende Ähnlichkeit zu ihrem geliebten Henry ließ ein Gefühl immenser Sehnsucht aus den Tiefen ihrer Seele aufsteigen, das sich verstärkte, als sie George durch die wohlbekannten Räume folgte. Auch im Innern hatte er alles exakt so herrichten lassen, wie es vor acht Jahren gewesen war. Möbel, Vorhänge, Bilder, Teppiche, alles war noch genau so, wie sie es in Erinnerung hatte. Vor dem großen Kamin im Salon blieb sie stehen und schloss die Augen. Sie stellte sich vor, wie es wäre, wieder hier zu leben, sah sich als Herrin des Hauses die alltäglichen Geschäfte führen, Besucher empfangen und bei ihren morgendlichen Ausritten über die Weiden galoppieren. Lady Dorothy Langley – der Titel klang ungewohnt, aber hatte durchaus etwas.

Wenn sie schonungslos ehrlich war, hatte sie nicht nur Henry vermisst, sondern auch den Komfort und die Sicherheit, die er ihr hatte bieten können. Gewiss hatte sie sich an das einfachere Leben in Bramble Cottage gewöhnt. In der ersten Zeit war es dem überwältigenden Gefühl der Trauer angemessen gewesen, und sie hatte es zu schätzen gelernt. Unglücklich war sie gewiss nicht. Im Gegenteil, in gewisser Weise genoss sie ihre Freiheiten. Es wäre jedoch eine Lüge gewesen zu behaupten, der Gedanke, nach Baynton zurückzukehren, sei nicht verlockend.

Wie glücklich war sie hier gewesen! Würde sie es abermals sein können?

Mit einem Lächeln wandte sie sich zu George um.

»Ich werde über Ihren Vorschlag nachdenken«, versprach sie.

Sein Ausdruck hellte sich auf. »Das freut mich, Dorothy.« Er trat zu ihr und nahm ihre Hände. Durch die dünnen Handschuhe spürte sie die angenehme Wärme der Berührung. Als ihre Blicke sich trafen, war ihr, als sähe sie in Henrys Augen. Nur für einen Moment, dann holte Georges deutlich tiefere Stimme sie in die Gegenwart zurück.

»Wenn Sie erlauben, werde ich Sie recht oft besuchen«, sagte er. »Dann haben wir Gelegenheit, einander noch besser kennenzulernen, bevor Sie eine Entscheidung treffen.«

KAPITEL 15

Ein Geständnis

Als er Theresas hektischem Blick hinüber zum Haus folgte, glaubte Archibald, eine Bewegung hinter dem Vorhang auszumachen. Offenbar wurde ihr Spaziergang mit Interesse verfolgt.

»Die Gärten sind wunderschön«, sagte er und schlug den Weg in Richtung des neu angelegten Teichs ein, der vom Haus weg auf die hinteren Gärten zu führte. »Ich erkenne die Hand Ihrer Schwester darin. Sie hat einen ausgezeichneten Geschmack und Sinn für Landschaftsgestaltung. Dennoch finde ich es noch immer jammerschade um die alten Kastanien.«

»Nicht wahr? Aber Catherine – ich meine Lady Burlington – fürchtete, dass sie den Seerosen und Wasserlilien das Licht nehmen, außerdem verstellten sie den Blick vom Haus über die hinteren Gärten.« Sie lächelte scheu.

»Wie müsste Ihr idealer Garten aussehen?«, fragte Archibald, während sie am Teichufer entlangflanierten.

»Ich weiß nicht«, entgegnete Theresa und betrachtete nachdenklich die gelben Schwertlilien am Ufer. »Ich finde, der allerschönste Garten ist die unberührte Natur. Mir würde ein kleines Gärtchen reichen, in dem ich Kräuter, Obst und Gemüse ernten könnte. Nichts Großartiges.«

»Wie zum Beispiel …«, Archibald legte absichtlich eine kleine Kunstpause ein, »… der Garten eines Pfarrhauses?«

Theresa zuckte zusammen und sah ihn erschrocken an.

»Wie … wie meinen Sie das, Mylord?«

Archibald lächelte und bot ihr den Arm.

»Keine Sorge, Miss Shirley«, versicherte er. »Wir können ganz offen sprechen. Ich muss Ihnen nämlich ein Geständnis machen.«

»Ein Geständnis?«

»Richtig. Ich kam gestern am privaten Salon vorbei und hörte Sie mit Ihrer Mutter sprechen. Ich wollte gewiss nicht lauschen, jedoch stand die Tür offen und als ich meinen Namen aufschnappte, wurde ich aufmerksam und habe einen Teil des Gesprächs mitgehört.«

Theresa blieb stehen und sah ihn mit aufgerissenen Augen an. Röte ergoss sich über ihre Wangen und zeichnete Flecken auf ihren weißen Hals.

»O Mylord, gewiss sind Sie jetzt schrecklich böse, weil ich sagte, Sie seien alt.«

Archibald lachte. »Aber nein, Miss Shirley. Ich gebe Ihnen vollkommen recht. Einem siebzehnjährigen Mädchen kann ich doch nur alt erscheinen.«

Sie sah erleichtert aus.

»Mit dem Alter kommt allerdings auch die Weisheit«, fuhr Archibald fort. »Jedenfalls ein Anflug davon. Aus

Erfahrung weiß ich, dass es zunächst bequemer und leichter erscheint, die Erwartungen der anderen zu erfüllen. Doch wie soll man glücklich mit Entscheidungen sein, die andere für einen treffen? Fügen Sie sich nicht kampflos in Ihr Schicksal, Miss Shirley, und haben Sie den Mut, Ihrem Herzen zu folgen. Sie haben Ihre Schwester auf Ihrer Seite. Und wenn Sie wünschen, auch mich.«

»Aber wie wollen Sie meine Mutter umstimmen?«

»Ich bin Parlamentarier, Miss Shirley. Ich bin Gegenrede gewohnt und kann sehr überzeugend sein. Wenn Sie erlauben, werde ich gern bei Lord Burlington und Ihrer Mutter ein gutes Wort für Sie einlegen.«

»Aber ich weiß doch gar nicht, ob Mr Woodcock –« Sie stockte, als ob ihr in diesem Augenblick bewusst wurde, dass sie Archibald gerade ihre geheimen Gedanken und Gefühle offenbart hatte.

»Ob er an Ihnen interessiert ist? Liebe Miss Shirley, ich müsste mich schon sehr täuschen, wenn er nicht absolut vernarrt in Sie ist. Wichtig ist, Burlington und Ihre Mutter zu überzeugen, dass er eine gute Wahl für Sie ist. Sie dehnen Ihren Besuch auf Longdown Park noch etwas aus, es folgen Dinnereinladungen, Spaziergänge, Ausfahrten, und Sie haben Gelegenheit, unseren jungen Pfarrer in aller Ruhe auf Herz und Nieren zu prüfen.« Archibald schmunzelte. »Und seien Sie beruhigt. Wenn ich an die Blicke denke, mit denen er Sie bedachte, bin ich mir sicher, dass er rettungslos verloren ist.«

»Glauben Sie wirklich?« Theresa strahlte. Ihre glänzenden Augen und tiefroten Wangen rührten Archibald. So sah eine junge Frau aus, deren Herz Feuer gefangen hatte. Das musste letzten Endes auch sein Freund Burlington einsehen.

»Sie sollten sehen, wie Sie strahlen, Miss Shirley. Nichts und niemand sollte Ihrem Glück im Wege stehen dürfen. Finden Sie nicht auch?«

»Ich wäre überglücklich, wenn es Ihnen gelänge, meine Mutter zu überzeugen!«, rief Theresa.

Zurück im Haus suchte Archibald seinen Freund Burlington in der Bibliothek auf. Der begrüßte ihn mit einem süffisanten Lächeln.

»Ein kleines Vögelchen zwitscherte mir zu, Sie hätten einen Spaziergang mit meiner reizenden Schwägerin gemacht. Heißt das, Sie haben Ihre Meinung geändert?«

Anstatt ihm zu antworten, zog Archibald einen Sessel heran und nahm Platz.

»Ich wollte Ihnen eigentlich von meinem guten Freund Chester erzählen. Ich glaube, Sie sind flüchtig miteinander bekannt.«

»Lord Chester? Ja, ich kenne ihn.« Burlington sah verwirrt aus. »Aber was hat er mit meiner Frage zu tun?«

»Als seine Frau starb, hinterließ sie Chester eine einzige Tochter, die er über alles liebte und hütete wie seinen Augapfel«, erzählte Archibald. »Sie verliebte sich in einen jungen Mann, einen Kaufmannssohn. Natürlich war Chester alles andere als erbaut über eine solch unstandesgemäße Verbindung und weigerte sich, einer Hochzeit zuzustimmen.«

»Verständlich«, warf Burlington ein.

»Verständlich, vielleicht. Schließlich stand der Ruf der Familie auf dem Spiel und er wollte für seine Tochter doch nur das Allerbeste. Es waren also Liebe und Fürsorge, die ihn dazu bewogen, die Verbindung seiner Tochter zu diesem Mann zu unterbinden, und väterliche Liebe, die ihn dazu veranlasste, dem jungen Mann eine beträchtliche Summe anzubieten, wenn er die Gegend verlassen und jeglichen Kontakt zu dem Mädchen abbrechen würde.«

Burlington schien interessiert am Ausgang dieser Geschichte und lehnte sich in seinem Sessel vor.

»Und dann?«

»Brannte sie eines Nachts durch und Chester hat seither nie wieder ein Wort von ihr gehört. Er weiß nicht einmal, ob sie noch lebt.«

Archibald ließ die Worte wirken.

»Sie erzählen mir diese Geschichte nicht ohne Grund«, vermutete Burlington zutreffenderweise. »Sie glauben, dass wir mit Theresa dasselbe erleben könnten.«

»Ja und nein«, entgegnete Archibald. »Ja, denn ich erzählte Chesters Geschichte, um zu illustrieren, welches Unglück Eltern anrichten können, auch wenn es einzig Liebe und Fürsorge sind, die sie umtreiben. Und nein, denn ich glaube, dass Miss Shirley eine besonnene und vernünftige junge Frau ist, die sich lieber folgsam in ihr Schicksal fügen würde, auch wenn sie dabei unglücklich wäre.«

»Was genau möchten Sie mir damit sagen, Beresford?«

»Damit möchte ich sagen, dass es mir ungemein schmeichelt, dass Sie mich für würdig erachten, Ihr Schwager zu werden. Miss Theresa ist eine bildhübsche und kluge junge Frau, die einen Mann sehr glücklich machen könnte. Jedoch möchte ich nicht derjenige sein, der täglich in diese wunderschönen Augen blickt, um festzustellen, dass sie ihn mit Respekt und Zuneigung ansehen, jedoch niemals mit Liebe.«

»Liebe kann sich langsam entfalten, Beresford. Sie würde mit der Zeit lernen, Sie zu lieben.«

»Schätzen, Burlington, schätzen vielleicht, aber niemals lieben.«

»Was macht Sie da so sicher?«

»Dass ihr Herz längst einen anderen gewählt hat. Jemanden, der sowohl vom Alter als auch vom Temperament weit besser zu ihr passen und der sie gewiss vergöttern und auf Händen tragen würde.«

»Sie sprechen von Mr Woodcock«, schloss Burlington folgerichtig.

»Demselben«, bestätigte Archibald. »Als Familienoberhaupt und Miss Theresas Schwager hätten Sie die Möglichkeit und nötige Autorität, Mrs Shirleys Ambitionen in die Schranken zu verweisen, wiewohl auch sie ihren Ursprung in mütterlicher Fürsorge und Liebe haben mögen. Mr Woodcock wäre in der Lage, ihr ein bequemes Leben zu ermöglichen. Es wäre bescheidener als das Leben, das ihrer Mutter vorschwebt, jedoch mit Gewissheit glücklicher. Und wenn Ihre Schwiegermutter Mr Woodcocks bescheidenen Wohlstand tatsächlich als Problem betrachtet, so können wir beide mit einer ansehnlichen Mitgift als Verlobungsgeschenk aushelfen.«

Burlington knetete sein Kinn mit Daumen und Zeigefinger.

»Woodcock scheint mir ein aufrechter und ehrenhafter Mann zu sein«, gab er zu. »Seine Predigten sind zum Einschlafen, aber er ist im wahrsten Sinne ein Mann des Glaubens. Er hat viel Gutes getan und kümmert sich rührend um die schwächeren Mitglieder der Gemeinde.«

Archibald lächelte zufrieden und erhob sich.

»Denken Sie darüber nach. Sie wissen, dass ich recht habe, Burlington.«

KAPITEL 16

Schmetterlinge

Dorothy saß an ihrem Schreibtisch am Fenster über den Büchern und sah immer wieder hinaus auf den Garten, der ihr seit ihrem Besuch in Baynton kleiner erschien als zuvor, wie auch Bramble Cottage ihr geschrumpft zu sein schien. Nicht, dass sie sich unwohl gefühlt hätte, doch es war ihr zum ersten Mal in den letzten acht Jahren bewusst, was sie verloren hatte. Der Verlust des Hauses, der Gärten, der Pferde und Ländereien war im Vergleich zu Henrys Verlust nebensächlich gewesen. Es hatte sich angemessen angefühlt. Außerdem war sie einen bescheideneren Lebensstandard von Hause aus durchaus gewohnt. Ihr Elternhaus war größer als Bramble Cottage, jedoch bei Weitem nicht so komfortabel und groß wie Baynton. Wie schnell man sich doch an einen solchen Wohlstand gewöhnen konnte. Er war gewiss nicht notwendig, um ein glückliches Leben zu führen, jedoch auch nicht hinderlich.

Wie ihr Leben sich in den letzten Tagen verändert hatte! Kein Wunder, dass sie vollkommen verwirrt war. Georges überraschender Vorschlag hatte sie derart überrumpelt, dass sie lange wachgelegen und darüber nachgedacht hatte. Die

Müdigkeit steckte ihr in den Knochen und ließ keinen klaren Gedanken zu.

Ihr Blick wanderte zu einer kleinen Amsel, die in den Zweigen des Apfelbaums schaukelte und sang. Eine Zeile aus dem Gedicht fiel ihr ein, und gleich musste sie wieder an Lord Beresford denken und ihren Handel. Erinnerungen tauchten auf und drängten sich in ihr Bewusstsein. Während sie bemüht war, das Chaos in ihrem Kopf zu ordnen und vernünftig und ernsthaft über Georges Vorschlag nachzudenken, flatterte wie ein bunter Schmetterling immer wieder ein Gedanke vorbei und lenkte sie ab. So verlockend er sein mochte, wusste sie doch, dass es unvernünftig war, ihm hinterherzujagen.

George erwartete keine schnelle Antwort, doch Dorothy wollte zumindest eine leise Ahnung haben, was sie darüber denken sollte und wo sie stand.

In diesem Moment hörte sie, wie jemand die Gartenpforte öffnete, und da war er wieder, der kleine flinke Schmetterling, die kindische Hoffnung, es könnte Lord Beresford sein, der gekommen war, seinen Handel einzulösen. Allerdings war es nur ihre Cousine Maria. Der kurzzeitigen Enttäuschung folgte Freude über den Besuch. Marias klarer Verstand war genau das, was sie jetzt brauchte.

Sie legte den Bleistift beiseite, schlug das Haushaltsbuch zu und eilte selbst an die Tür, um der Cousine zu öffnen. Maria brachte Neuigkeiten aus Oakham. Zu ihrer Erleichterung hatte Francis sich wieder vollständig erholt.

Zwar würde er sich seines Herzens wegen weiterhin schonen müssen, jedoch sah Mr Hammond derzeit keinen Anlass zur Beunruhigung.

»Wollen wir uns in die Stube setzen?«, schlug Dorothy vor. »Es gibt da eine Angelegenheit, in der ich gern deinen Rat hätte.«

Erstaunen spiegelte sich in Marias Gesicht, während sie Dotty aufmerksam zuhörte. Anschließend betrachtete sie eine Weile ihre auf dem Schoß liegenden Hände.

»Bist du dir vollkommen sicher, was seine Motive angeht, Dotty?«

»Du befürchtest, er könnte insgeheim Gefühle für mich gehegt haben, als Henry noch lebte, nicht wahr? Das würde ein Zusammenleben in der Tat kompliziert gestalten und einen schalen Geschmack hinterlassen, aber ich bin mir recht sicher, dass ich es ausschließen kann. Er hing sehr an Henry und hat sich mir gegenüber stets anständig und respektvoll verhalten. In seinem Blick lese ich kein Begehren, sondern aufrichtige Herzenswärme und Freundschaft. Ich vertraue ihm vollkommen.«

»Dann ist es in der Tat ein Angebot, das du ernsthaft in Betracht ziehen solltest.« Dorothy folgte Marias Blick, der über die gemütliche aber schlichte Einrichtung der Wohnstube glitt. »Du würdest in jedem Falle mehr gewinnen als verlieren, nicht wahr?«

Dorothy zupfte an ihrem Rock. »Ich weiß nicht …«

Sie fing Marias prüfenden Blick auf.

»Du zeichnest ein äußerst schmeichelhaftes Bild von Langley und bist ihm offenbar sehr zugetan. Und doch klingst du zögerlich. Was hält dich zurück?«

Dorothy dachte nach. Maria hatte zielsicher den Finger auf die entscheidende Stelle gelegt. Wenn sie eine Antwort auf die Frage finden konnte, was sie in ihrem Innern zögern ließ, würde sie einfacher eine Entscheidung treffen können.

»Um ehrlich zu sein, bin ich mir nicht sicher. Ich habe mich daran gewöhnt, allein zu sein und meine eigenen Entscheidungen zu treffen. Womöglich ist es das. Oder –« Wieder flatterte der Schmetterling durch ihre Gedanken. Dorothy wischte mit der Hand durch die Luft, als wollte sie ihn verscheuchen. »Ich muss darüber nachdenken.«

»Er scheint dich nicht zu einer Entscheidung drängen zu wollen«, stellte Maria sachlich fest. »Also solltest du dir Zeit lassen und ihn etwas besser kennenlernen. Wahrscheinlich erhältst du dann recht bald Gewissheit über deine Empfindungen in dieser Sache.«

Sie plauderten noch eine Weile über dieses und jenes und waren gerade bei allgemeinem Klatsch und Tratsch aus der Nachbarschaft angelangt, als draußen ein Pferd zu hören war.

Maria lächelte verschmitzt. »Wenn man vom Teufel spricht …. Ich denke, es ist Zeit, dass ich mich auf den Heimweg mache. Gewiss vermisst man mich in Oakham.«

Offenbar hatte sie mit ihrer Vermutung richtig gelegen, denn als Dorothy die Cousine zur Tür begleitete, sahen die beiden, wie Sir George Langley durch das Gartentor trat.

»Du hast mir verschwiegen, wie gut er aussieht«, flüsterte Maria, bevor er in Hörweite kam.

KAPITEL 17

Ein Plan wird gefasst

Archibald verließ sein Zimmer und strebte der Treppe zu, um sich zum Dinner zu begeben, als er von Miss Shirley aufgehalten wurde.

»Lord Beresford, warten Sie!«, rief sie, und es war in ihrem Gesicht abzulesen, dass sie glücklich war. Archibald vermutete, dass sein Freund sich ihre Unterredung zu Herzen genommen hatte. »Sie werden es nicht glauben! Burlington hat meiner Mutter ins Gewissen geredet. Er findet, dass Mr Woodcock ein ehrenwerter Mann ist und eine gute Partie für mich wäre. Es passt ihr überhaupt nicht, das weiß ich, aber es bleibt ihr nichts anderes übrig, als sich seinen Wünschen zu fügen. Also hat sie zugestimmt, dass wir noch etwas länger bleiben, damit wir Gelegenheit habe, einander besser kennenzulernen.« Es war kaum zu glauben, aber wenn sie so strahlte, war Miss Shirley noch hübscher. »Wie haben Sie das bloß angestellt, Mylord?«

Er zwinkerte ihr gut gelaunt zu. »Ich sagte Ihnen doch, ich bin Parlamentarier. Ich bin es gewohnt, Menschen mit rhetorischem Geschick zu überzeugen.«

»Ich bin Ihnen zu großem Dank verpflichtet.« Im Überschwang drückte Miss Theresa vertraulich seinen Unterarm. Sie sah ihn erschrocken an. »Verzeihung. Das war wohl unangemessen.«

Archibald lachte. »Nicht doch, Miss Shirley. Ich freue mich mit Ihnen und hoffe, dass Woodcock sich als Ihrer würdig erweist. Kommen Sie, wir wollen zum Dinner gehen.« Er bot ihr den Arm, den sie lächelnd nahm. Als sie den Treppenabsatz erreicht hatten, blieb sie plötzlich stehen. Archibald sah sie verwundert an.

»Mylord, darf ich Sie etwas Persönliches fragen?«

»Natürlich, Miss Shirley.«

»Burlington erwähnte, dass Sie planen, morgen wieder nach London zu reisen.«

»Das ist richtig. Aber das ist es sicher nicht, was Sie mich fragen wollten«, vermutete Archibald.

»Nun, ich habe mich gefragt –« Theresa Shirley räusperte sich und glättete mit den Handflächen ihren Rock. »Sie mahnten mich, mutig zu sein und meinem Herzen zu folgen.«

Archibald ahnte, worauf sie hinaus wollte.

»Und Sie denken, ich sollte dasselbe tun.«

»Es ist natürlich gut möglich, dass ich mich getäuscht habe, aber ich hatte den Eindruck, als hätten Ihre Lordschaft ebenfalls Grund, noch ein wenig länger hier in Surrey zu bleiben. Sollte ich mich irren, vergessen Sie einfach, was ich gesagt habe.«

Archibald war verdutzt. Es musste die schüchterne Miss Shirley einigen Mut gekostet haben, auf die Situation mit Mrs Collingwood anzuspielen.

»Darf ich Sie im Gegenzug auch etwas Vertrauliches fragen?«

»Selbstverständlich, Mylord.«

»War mein Interesse an einer gewissen Dame so offensichtlich?«

Miss Shirley lachte. »Bitte verzeihen Sie, Mylord, aber es war tatsächlich kaum zu übersehen.«

Archibald musste nun ebenfalls lachen. »Und ich hatte mich immer für äußerst diskret gehalten. Ich danke Ihnen für Ihre offenen Worte und verspreche, über eine Verlängerung meines Aufenthalts nachzudenken. Nun lassen Sie uns hinuntergehen. Wir wollen die anderen nicht warten lassen.«

Nach dem Dinner verließ Archibald die Gesellschaft seiner Gastgeber, sobald es die Höflichkeit zuließ, um sich auf sein Zimmer zurückzuziehen. Er wollte in Ruhe darüber nachdenken, was er in Bezug auf Mrs Collingwood unternehmen sollte. Als sein Blick auf das Büchlein auf dem Tisch vor dem Fenster fiel, wurde ihm klar, dass er seine Entscheidung längst getroffen hatte. Er konnte nicht abreisen, ohne sich wenigstens Gewissheit verschafft zu haben.

Allerdings war dieses Unterfangen nicht ohne Risiko. Wenn ein Mann seines Standes sich über die Konvention hinwegsetzte und einer Frau den Hof machte, die gesellschaftlich weit unter ihm stand, gab er sich der

Lächerlichkeit preis, sollte sie ihm einen Korb geben, und Mrs Collingwoods Verhalten ihm gegenüber war durchaus widersprüchlich gewesen. Auf dem Ball hätte er schwören können, dass auch sie Zuneigung zu ihm gefasst hatte, jedoch am Tag des Picknicks auf Box Hill hatte sie mit Zurückhaltung auf seine Annäherung reagiert. Gut möglich also, dass er sich getäuscht hatte und sie sich nicht für ihn interessierte.

Diskretion war geboten, wenn er herauszufinden gedachte, ob seine Gefühle für Mrs Collingwood Erwiderung fanden. *Brooks!* Auf die Verschwiegenheit seines Kammerdieners konnte sich Archibald jederzeit verlassen und er würde ihm bei diesem Plan äußerst nützlich sein: Er würde seine Gastgeber weiter in dem Glauben lassen, er reise am nächsten Tag zurück nach London. Allerdings würde er Brooks noch an diesem Abend ins nahegelegene Sutton reiten lassen, um Unterkunft in einem Gasthaus zu mieten. Burlington selbst plante, erst in einer Woche gemeinsam mit seiner Familie nach London zurückzukehren. Niemand würde Archibald vermissen. Auf diese Weise konnte er Mrs Collingwood besuchen, ohne sich etwas zu vergeben.

Wenn sie Gelegenheit hatten, unter vier Augen miteinander zu sprechen, würde sich gewiss bald zeigen, ob er auf eine Erwiderung seiner Zuneigung hoffen durfte. Und wenn es Anlass gab, daran zu zweifeln, konnte er einfach nach London zurückkehren, sein Gesicht bliebe gewahrt.

Burlington würde nichts davon erfahren und konnte ihn nicht damit aufziehen.

Lange hatte er sich nicht mehr so lebendig gefühlt. Eine Aufregung hatte von ihm Besitz ergriffen, als sei er ein kleiner Junge, der gerade im Begriff war, etwas unerhört Verbotenes zu tun, und er konnte nicht verleugnen, dass er Geschmack an diesem Abenteuer gefunden hatte.

KAPITEL 18

Ein plötzlicher Abschied

»Ich muss mich entschuldigen, dass ich Sie mit meinem Vorschlag derart überrumpelt habe«, sagte George, als sie die Gartenpforte hinter sich gelassen hatten. »Das Gefühl, Sie aus Ihrem Heim vertrieben zu haben, lastete schon eine ganze Weile auf mir und es war mir wichtig, dass Sie wissen, wie ich dazu stehe.«

Sie folgten dem Sandweg vorbei an der Koppel, auf der das stämmige braune Welshpony zufrieden graste, hinunter zum Ufer des kleinen Baches.

»Ich muss zugeben«, entgegnete Dorothy und lachte, »dass Sie mich damit in der Tat ziemlich aus der Fassung gebracht haben. Allerdings weiß ich Ihr Angebot zu schätzen und werde reiflich darüber nachdenken. Ich hoffe, Sie verstehen mein Zögern nicht als Zweifel an Ihrer Aufrichtigkeit oder Ihrem Charakter. Für mich gibt es vieles abzuwägen.«

»Selbstverständlich. Das verstehe ich nur zu gut. Und wir haben keine Eile. Ich muss zugeben, dass mir Bramble Cottage auf den zweiten Blick weit weniger spartanisch erscheint als bei meinem ersten Besuch. Ich kann mir denken, dass es sich dort recht angenehm leben lässt, und hoffe, Sie haben meine anfängliche Bestürzung nicht als beleidigend empfunden.«

»Zunächst, das muss ich ehrlich gestehen, war ich ein wenig pikiert.« Dorothy lachte. »Nach unserem Besuch in Baynton allerdings konnte ich durchaus nachvollziehen, warum Ihnen Bramble Cottage im Vergleich winzig und armselig erscheinen musste. Es ist erstaunlich, wie schnell man sich an veränderte Umstände gewöhnen kann.«

Während sie am Bachufer entlangspazierten, schwelgte George in Kindheitserinnerungen an Henry. Dorothy fand es vergnüglich, den Anekdoten über die Streiche zu lauschen, zu denen der ältere George seinen Cousin angestiftet hatte, und sich die beiden blonden Lausbuben vorzustellen, die ihren Eltern gewiss einige graue Haare beschert hatten. Die Erinnerung an einen geliebten Menschen gab ihrer Verbindung etwas Besonderes, Verschworenes, das sie mit warmer Zuneigung zu George erfüllte. Je mehr sie sich in dieses Gefühl fallen ließ, desto besser konnte sie sich vorstellen, den Rest ihres Lebens gemeinsam in Baynton zu verbringen. Ihre Gefühle für George waren anders als die tiefe Liebe und Leidenschaft, die sie für Henry empfunden hatte. Anders auch als die schwärmerische Unruhe, die ihre Begegnungen mit Lord Beresford in ihr hervorgerufen hatten. Es war eine angenehm vertraute Nähe, wie man sie für einen Bruder oder einen engen Freund empfand, und Dorothy vermochte sich durchaus vorzustellen, dass daraus mit der Zeit so etwas wie Liebe erwachsen könnte.

»Sehen Sie nur, George, wie hübsch!«, rief sie gut gelaunt, als sie unten am Bachufer Sumpfdotterblumen und Vergissmeinnicht entdeckte. »Lassen Sie mich rasch ein Sträußchen pflücken.«

Vorsichtig stieg sie ein Stück die Uferböschung hinab und machte sich daran, einige Blumen zu pflücken. Als sie mit ihrem Strauß zufrieden war, bot George ihr den Arm, um ihr Halt zu geben. Dotty nahm ihn dankbar und ließ ihn nicht los, als sie sich munter plaudernd auf den Heimweg machten.

Als sie die Ponykoppel erreichten, entdeckte Dorothy ein Pferd, das vor dem Haus festgebunden war. Da sie das Tier nicht erkannte, konnte es niemandem aus ihrem engeren Nachbarschafts- und Bekanntenkreis gehören. Plötzlich ließ eine dumpfe Ahnung ihr

Herz schneller schlagen. Tatsächlich trat kurz darauf Lord Beresford aus dem Gartentor und ging auf das Pferd zu.

Als er Dorothy und George entdeckte, blieb er abrupt stehen und sah für einen Augenblick regelrecht erschrocken aus. Dorothy ließ Georges Arm los.

»Lord Beresford!«, rief sie. »Wie schön, dass Sie mir einen Besuch abstatten. Und was für ein Glück, dass ich Sie noch antreffe. Wir kommen soeben von einem kleinen Spaziergang zurück.«

Beresford machte eine kurze Verbeugung, die recht steif wirkte.

»Mrs Collingwood.« Sein Blick wanderte fragend zu George und dann zu dem Blumenstrauß in ihrem Arm.

»Verzeihung, ich sollte Sie miteinander bekannt machen. Lord Beresford, Marquess of Beresford, Sir George Langley, Kapitänleutnant der Marine.«

»Angenehm«, entgegnete Beresford knapp. »Nun, ich will nicht lange stören, ich –«

»Aber nein, Sie stören doch nicht!«, rief Dorothy mit unangemessener Vehemenz. »Kommen Sie doch herein. Wir wollen zusammen Tee trinken.«

»Nein, nein, vielen Dank. Aber ich –« Wieder huschte sein Blick zu George hinüber. »Also, eigentlich wollte ich nur kurz vorbeischauen, um Ihnen Lebewohl zu sagen.«

»Oh?«, rief Dorothy erstaunt. »Sie kehren nach London zurück?«

»Die Pflicht ruft, nicht wahr?«, entgegnete Beresford. »Es war mir ein Vergnügen, Sie kennenzulernen.«

Er band das Pferd los, verneigte sich kurz und setzte den Fuß in den Steigbügel.

»Mrs Collingwood. Sir George.« Beresford schwang sich in den Sattel und setzte seinen Hut auf. »Ich wünsche Ihnen noch einen angenehmen Nachmittag.«

»Danke. Ihnen eine gute Heimreise«, sagte Dorothy und fühlte ein unangenehmes Ziehen in der Magengegend. Für einen Augenblick musste sie gegen den Drang ankämpfen, die Zügel zu nehmen und ihn aufzuhalten. Es ärgerte sie, dass sein plötzlicher Aufbruch und die kühle Verabschiedung sie enttäuschten. Sie hatte doch gewusst, dass ihre Bekanntschaft nur von kurzer Dauer sein konnte und mehr nicht in Betracht kam. Etwas anderes anzunehmen, war reine Unvernunft. Es war ihr stets bewusst gewesen, und doch betrübte es sie.

Beresford schnalzte mit der Zunge, gab dem Pferd die Sporen. Dorothy hob die Hand zum Gruß, doch er ritt davon, ohne sich noch einmal umzusehen.

George, offensichtlich über Beresfords plötzliches Auftauchen und raschen Abschied verwundert, sah Dorothy stirnrunzelnd an.

»Ich habe seine Lordschaft nicht etwa vertrieben?«

»Nein, nein, das denke ich nicht«, wehrte Dorothy ab, klang aber nicht besonders überzeugend. »Gewiss hatte er es nur eilig, nach London zurückzukommen.«

»Darf ich fragen, woher Sie den Marquess kennen?«, forschte George weiter.

»Das ist eine längere Geschichte«, erklärte Dotty. »Kommen Sie, wir wollen uns in die Stube setzen, dann erzähle ich Ihnen alles.«

George hörte aufmerksam zu, als Dorothy ihm die Umstände ihres Kennenlernens darlegte. Dabei verschwieg sie lieber, dass sie auf dem Ball mit ihm getanzt und er ihr zu dem Picknick auf Box Hill gefolgt war.

»Eigenartig«, sagte er schließlich. »Wenn er sich die Mühe gemacht hat, herzukommen, um sich zu verabschieden, hätte er doch einen Augenblick hereinkommen können, finden Sie nicht?«

»Schon«, gab Dorothy zu. »Aber er sagte doch, er sei in Eile.«

»Vermutlich glaubte er, ein Tête-à-Tête gestört zu haben. Er wirkte unangenehm berührt.« George lachte.

»Glauben Sie wirklich?«, rief Dorothy.

»Nun ja, es muss recht vertraut ausgesehen haben, wie wir Arm in Arm den Weg heraufkamen«, gab George zu bedenken. »Wahrscheinlich wollte er nicht indiskret sein und hat deswegen rasch den Rückzug angetreten.«

»Möglich«, sagte Dorothy abwesend. Ein Gedanke spukte ihr im Kopf herum, doch bevor sie länger darüber nachdenken konnte, klopfte es und Sarah kam mit einem Tablett herein.

»Ich bringe Tee und Kuchen, Madam.« Das Mädchen stellte das Tablett ab und wandte sich zum Gehen, blieb dann aber plötzlich stehen.

»O Verzeihung, Madam, ich Schussel!« Sie fischte in ihrer Rocktasche herum und zog ein zusammengefaltetes Stück Papier unter der Schürze hervor, das sie Dorothy reichte. »Das hat mir der Gentleman gegeben, der vorhin da war. Ich habe ganz vergessen, es Ihnen zu geben.«

Dorothy nahm das gefaltete Papier und bemerkte, dass ein Siegel darauf prangte. Ein Brief.

»Vielen Dank, Sarah. Du kannst gehen.«

Neugierig betrachtete Dorothy den Brief. Sie widerstand dem Impuls, das Siegel zu brechen und ihn gleich zu lesen. Das gehörte sich nicht. Sie erhob sich, um den Brief auf ihr Schreibpult zu legen. »Ich werde ihn später lesen«, erklärte sie.

»Sind Sie denn nicht neugierig?«, fragte George unvermittelt, schüttelte dann aber den Kopf. »Verzeihen Sie. Ihre Korrespondenz geht mich nichts an. Sie möchten natürlich ungestört sein, wenn Sie ihn lesen.«

»Ach was!« Dorothy winkte ab. »Es wird gewiss nichts Verfängliches darin stehen.«

Wie um es zu beweisen, brach sie nun doch das Siegel und faltete das Papier auseinander. Fest und teuer fühlte es sich an. Rasch überflog sie, was dort geschrieben stand.

Teure Mrs Collingwood,

Sie haben hoffentlich nicht unser Gespräch auf Box Hill vergessen und den Handel, den wir abgeschlossen haben.

Ich freue mich nämlich, Ihnen mitteilen zu können, dass es mir gelungen ist, das fragliche Gedicht für Sie ausfindig zu machen. Ich habe mir erlaubt, es für Sie abzuschreiben, und freue mich bereits sehr auf Ihren Vortrag, wenn Sie Ihren Teil des Handels einlösen. Wie viel schöner muss das Gedicht klingen, wenn Sie es rezitieren. Bis dahin verbleibe ich

herzlichst, Ihr ergebener Diener

Beresford

A new spring
by Lord Laitherose

They met beneath a cherry tree
As winter turned to spring
His heart as joyful as the song
They heard the blackbird sing.

The tree stood tall, the air was sweet
With flowers full abloom
And thriving green to chase away
The last of winter's gloom.

Among sweet kisses there she sighed
Her eyes so full of sorrow.
How can I have a joyful heart
When we shall part tomorrow?

'Tis spring, my love and all around
The world is dressed in expectation
To be alive, to love, today.
Calls forth the sweetest exaltation.

Do not you see this gaiety
is altogether fleeting?
That a farewell is intertwined
With every joyous greeting?
The songbird with his cheerful trills
Soon carried off by winter's chills
Cut down by time's relentless blade
What is alive will sometime fade.
The blackbird's song is cheerful now
For little does he know
That ere the year is out all this
shall perish in the snow.

Be still my love and lie with me
Before we part our ways.
Think not of life's futility
And squander your todays.
Do not despair while we're apart.
Know that my love is true
Before the tree will bloom anew
I will return to you.
As certain as this spring will end
And winter brings the cold
As certain is the love for you
That in my heart I hold.

Sie schlug die Hand vor den Mund und ließ den Briefbogen sinken. Der Gedanke, der ihr vorhin in den Kopf gekommen war, verband sich mit den Eindrücken ihrer Begegnungen, dem Brief und Beresfords plötzlichem Aufbruch zu einem vollständigen Bild. Ihr Herz pochte wie verrückt. Er war gekommen, um ihr ein Gedicht zu bringen, das von ewiger, unverbrüchlicher Liebe handelte. Eigentlich ließ das nur einen Schluss zu. Er hatte sie Arm in Arm mit George gesehen und die Flucht angetreten. Natürlich. Das musste es sein. Er war eifersüchtig gewesen. Er hatte geglaubt, dass zwischen ihr und George eine intimere Verbindung bestünde. Nun, dachte Dorothy betreten. Ganz falsch hatte er mit dieser Annahme schließlich nicht gelegen.

»Was ist, Dorothy? Sie sehen blass aus.« George war aufgestanden und an ihre Seite getreten. »Ist alles in Ordnung?«

»Ich weiß nicht«, antwortete sie leise. »Ich weiß nicht.«

»Darf ich fragen, was Lord Beresford Ihnen schreibt, das Sie so erschreckt hat?«

»Ach, es ist nichts«, beeilte Dorothy sich zu sagen und legte den Brief auf den Tisch.

»Wenn der Schuft Ihnen Kummer zugefügt hat –«

»Nein, nein, so ist es nicht«, widersprach Dorothy, doch George schien nicht überzeugt. Er hatte die Stirn in tiefe Falten gelegt und sah sie prüfend an.

»Wirklich, George, Sie müssen sich meinetwegen keine Sorgen machen, ich –« Weiter kam Dorothy nicht, denn ein lautes Klopfen an der Tür schreckte sie auf. Sie hörte Sarah durch den Flur eilen und kurz darauf ertönte eine aufgeregte weibliche Stimme.

»Ich verlange, auf der Stelle mit Mrs Collingwood zu sprechen!«

»Warten Sie bitte einen Augenblick, Madam. Mrs Collingwood hat gerade Besuch. Wen darf ich melden?« Sarah klang verunsichert.

»Ich kann mich selber melden, Sie dumme Gans!«, schimpfte die mysteriöse Besucherin. Dorothy sprang auf und wollte zur Tür laufen. Draußen war Sarah zu hören, die versuchte, die wütende Dame aufzuhalten.

»Aber Madam! Sie können doch nicht einfach –«

Offenbar konnte sie, denn die Tür wurde unsanft aufgestoßen und Mrs Shirley stürzte in die Stube.

George baute sich mit beschützender Geste vor Dorothy auf.

»Ich muss doch sehr bitten, Madam!«, rief er. »Was fällt Ihnen ein, hier unangemeldet hereinzuplatzen?«

»Das sollten Sie Ihre – Bekanntschaft fragen.« Mrs Shirley spie das Wort regelrecht aus, sodass es einen anrüchigen Klang bekam. Unbeirrt wandte sie sich an Dorothy.

»Ich hoffe, Sie sind zufrieden mit sich, Mrs Collingwood!«, giftete sie. »Hat es Ihnen Vergnügen bereitet, die Zukunft meiner armen Theresa zu zerstören?«

»Mrs Shirley, ich verstehe nicht …«, stammelte Dorothy.

»Darf ich erfahren, wessen Sie Mrs Collingwood auf so unverschämte Weise bezichtigen?«, fuhr George ungehalten dazwischen.

»Das will ich Ihnen gern sagen. Sie hat mit ihrem intriganten Spiel mein Kind ins Unglück gestürzt und Lord Beresford den Kopf verdreht.« Sie warf einen verächtlichen Blick auf George. »Tja, offenbar haben Sie gleich mehrere Eisen im Feuer. Sir, Sie sollten sich vor diesem raffinierten Weib in Acht nehmen, anstatt es zu verteidigen.«

George hob zu einer wütenden Antwort an, doch Dorothy nahm ihn am Arm und schob ihn sanft zur Seite.

»Lassen Sie nur. Mrs Shirley, ich bitte Sie, beruhigen Sie sich. Was in aller Welt ist denn geschehen, dass Sie so aufgebracht sind? Ich schwöre Ihnen, dass mir nichts ferner läge, als irgendwelche Intrigen zu spinnen. Hätte ich gewusst, dass ein Einverständnis zwischen Miss Theresa und Lord Beresford besteht, hätte ich ihn vehement in seine Schranken gewiesen. Ich bin mir keiner Schuld bewusst.«

»Ein Einverständnis gab es nicht – noch nicht«, entgegnete Mrs Shirley ein wenig kleinlauter, nahm jedoch gleich wieder Fahrt auf. »Allerdings wäre es nur eine Frage der Zeit gewesen, hätten Sie sich nicht so schamlos an seine Lordschaft herangemacht.«

»Das habe ich keineswegs, Mrs Shirley!«, protestierte Dorothy. »Meine Begegnung mit Lord Beresford war rein zufällig, und als wir uns auf Lady Pinkneys Ball – ebenfalls rein zufällig – wieder begegneten, war er es, der mich ansprach und zum Tanzen aufforderte. Wiederum er war es, der die Idee hatte, sich uns beim Picknick auf Box Hill anzuschließen.«

»Natürlich. Sie sind der reinste Unschuldsengel«, stieß Mrs Shirley hervor. »Ohne Ihre Intervention hätte meine Theresa eine glänzende Zukunft und müsste nicht ihr Dasein in einem piefigen Pfarrhaus fristen. Die einzige Genugtuung für mich ist, dass Ihre Spielchen Ihnen nichts eingebracht haben. Seine Lordschaft ist nach London abgereist. Morgen wird er Sie vergessen haben. Wenn Sie sich tatsächlich eingebildet haben, er könnte an einer ordinären Person wie Ihnen ernsthaft interessiert sein, sind Sie noch lächerlicher, als ich dachte. Guten Tag!«

Damit wandte sie sich um und stürmte hinaus. Dorothy starrte ihr noch eine Schrecksekunde lang nach, wankte zu ihrem Sessel und sank darauf. Nachdem sie eben noch gefasst geblieben war, brodelten nun alle widersprüchlichen Empfindungen an die Oberfläche und machten sich in kurzen, heftigen Schluchzern Luft.

»Dorothy!« George stürzte an ihre Seite. »Um Himmels willen! Wer war diese unverschämte Frau und was um alles in der Welt hat es mit Beresford auf sich?«

»Ach«, schluchzte Dorothy, »es ist alles vertrackt und kompliziert. Ich wusste doch nicht, dass es offenbar eine Art Einverständnis gab, als Lord Beresford mich auf dem Ball zum Tanzen aufforderte. Ich wollte doch niemandem in die Quere kommen. Es ist nur – eine Zeit lang habe ich mir wohl eingebildet –«

»Haben Sie sich was eingebildet? So sprechen Sie doch weiter«, drängte George.

»Ach, es war albern von mir. Und es wird mir auch erst jetzt so recht bewusst. Ich habe mir Illusionen gemacht und geglaubt, Lord Beresfords Interesse an mir sei ernsthafter Natur.«

George blickte grimmig drein.

»Und er? Hat er diese Illusionen genährt? Hat er Sie in irgendeiner Form glauben lassen, er hege ernsthafte Absichten?«

»Nein!«, rief Dorothy, ohne zu zögern. »Das heißt, ich weiß nicht. Vielleicht –«

Wieder wurde Dorothy von ihren Gefühlen überwältigt. Sie wusste gar nicht recht, warum, doch sie konnte nicht aufhören zu weinen. Es war eine eigenartige Mischung aus Furcht, Hoffnung und Enttäuschung. Alles war so verwirrend. Eben hatte sie noch geglaubt, Beresfords Brief sei Ausdruck tiefer gehender Gefühle, nun aber überfielen sie Zweifel. Der Abschied war reichlich kühl ausgefallen. War es wirklich Eifersucht gewesen oder lediglich Ausdruck seiner Gleichgültigkeit? Er war nach London abgereist, und es sah nicht danach aus, als beabsichtigte er, zurückzukehren. War sie doch nur ein Zeitvertreib gewesen? Eine kurzfristige, unbedeutende Ablenkung? Sie wusste nicht, was sie denken oder empfinden sollte.

»Erlauben Sie, dass ich Beresfords Brief lese?«, fragte George und Dorothy nickte schwach.

Er nahm das Papier vom Tisch und las schweigend, während seine Miene sich zunehmend verfinsterte.

»Bitte verzeihen Sie, George, dass ich Sie in diese verworrene Geschichte hineinziehe.« Dorothy zog ihr Taschentuch hervor und trocknete sich die Augen. »Was müssen Sie von mir denken?«

»Nichts als das Allerbeste, Dorothy«, entgegnete George mit einem verbissenen Ausdruck. »Es liegt vollkommen auf der Hand, wer in diesem Spiel die Kanaille ist. Beresford!«

»O nein! Das dürfen Sie nicht denken. Es war gewiss nur eine unglückliche Verkettung missverständlichen Verhaltens und –«

»Dieser sogenannte Gentleman verdient es nicht, dass Sie ihn in Schutz nehmen«, brummte George mürrisch.

Dorothy seufzte tief und lächelte ihn an.

»Verzeihen Sie bitte, aber ich glaube, ich wäre jetzt gern allein. Ich muss eine Weile über alles nachdenken. Morgen sehe ich bestimmt klarer und alles ist halb so schlimm.«

»Natürlich. Wenn Sie es wünschen, werde ich Sie nun allein lassen. Aber wenn Sie mich brauchen, zögern Sie bitte nicht, nach mir zu schicken.«

»Vielen Dank, George. Sie sind wahrhaftig ein Freund.« Wieder stiegen ihr Tränen in die Augen, gleichzeitig jedoch musste sie lachen. »Ich nehme an, Sie bereuen es, mir einen Antrag gemacht zu haben.«

George sah ihr fest in die Augen.

»Keineswegs, Dorothy. Keineswegs.«

Dorothy lächelte und machte Anstalten, ihn zur Tür zu begleiten.

»Danke, bemühen Sie sich nicht, ich finde selbst hinaus. Ruhen Sie sich aus. Morgen habe ich leider etwas Dringendes zu erledigen, aber wenn ich darf, werde ich übermorgen wiederkommen und nach Ihnen sehen.«

»Sehr gern, George.«

KAPITEL 19

Fahnenflucht und Heldentum

Archibald überquerte die St. James's Street und hielt auf das Gebäude mit dem berühmt-berüchtigten Erkerfenster zu. Es war jedoch noch früh am Abend, und offenbar war die Fensternische noch nicht von Beau Brummell und seinen Dandys in Beschlag genommen worden. So musste er sich beim Betreten des Clubs auch keine kritischen Blicke gefallen lassen. Jedoch war in London niemand auf seine verfrühte Rückkehr vorbereitet gewesen und so wäre das Abendessen recht spartanisch ausgefallen. Er hatte allerdings das Bedürfnis, sich mit einer guten Mahlzeit zu trösten. Also hatte er sich auf den Weg zu White's gemacht, um dort ein frühes Dinner einzunehmen und sich dann in seinem Stadthaus in die Bibliothek zurückzuziehen. Es war ihm heute nicht nach Gesellschaft, und Bücher waren stets ein zuverlässiger Trostspender.

Er suchte sich einen Tisch hinten im Speisezimmer, an dem er sich ungestört wähnte, und bestellte Lamm mit Kartoffeln und Sauce und einen schönen Krug Ale. Er hatte jedoch kaum etwas gegessen, als plötzlich jemand zu ihm an den Tisch trat.

»Hier finde ich Sie also!« Ein hochgewachsener, blonder Mann baute sich drohend vor ihm auf. »Lassen es sich in aller Seelenruhe schmecken und verschwenden keinen Gedanken daran, was Sie angerichtet haben!«

Er kam Archibald vage bekannt vor. Natürlich. Das war dieser Langley. Archibald erhob sich und stützte sich mit den Fingerknöcheln auf die Tischplatte.

»Wie bitte? Was erlauben Sie sich, Langley?«

Sein Gegenüber war bestimmt einen Kopf größer und sah sehr kräftig aus. Vielleicht wäre es klüger gewesen, weniger forsch aufzutreten, jedoch konnte er sich ein solches Verhalten nicht bieten lassen. Archibald versuchte also, sich seine Verunsicherung nicht anmerken zu lassen, und starrte dem Fremden geradewegs in die Augen.

»Ich? Was *ich* mir erlaube? Die Frage ist vielmehr, was Sie sich herausnehmen im Hinblick auf eine gewisse uns beiden bekannte Dame.« Langley funkelte ihn zornig an.

»Was wollen Sie von mir, Mann?«, donnerte Archibald.

»Genugtuung. Genugtuung für Mrs Collingwood«, entgegnete Langley und kam drohend einen Schritt näher. »Nennen Sie nur Zeit und Ort, wenn Sie nicht zu feige sind, Mylord!«

Archibald erschrak. Dieser Haudegen forderte ihn tatsächlich zum Duell?

»Hören Sie, ich glaube, hier liegt ein Missverständnis vor.« Archibald versuchte sich an einem beschwichtigenden Lächeln. »Es ist keineswegs meine Art, in fremden Gewässern zu fischen, falls Sie verstehen, was ich meine. Ich wusste nicht, dass Sie und Mrs Collingwood eine engere Verbindung pflegen. Seien Sie gewiss, hätte ich von Ihnen gewusst, ich hätte mir niemals herausgenommen, Mrs Collingwood den Hof zu machen.«

Langley sah nun weniger zornig als vielmehr verwundert aus.

»Sie geben es also zu?«

»Was gebe ich zu?«

»Dass Sie Mrs Collingwood den Hof gemacht haben.«

»Natürlich gebe ich es zu. Aber ich versichere Ihnen, ich wusste nicht, dass sie bereits in einem engeren Verhältnis mit Ihnen steht.«

»Steht sie nicht.«

»Nicht?«

»Nein.«

Jetzt war es an Archibald, verdattert zu sein.

»Sie wollen sagen, dass es zwischen Ihnen und Mrs Collingwood keine Verbindung – romantischer Natur gibt?«

»Nein. Nicht direkt. Es ist ein wenig kompliziert.«

Archibald deutete auf den freien Stuhl ihm gegenüber.

»Bitte, nehmen Sie doch Platz.«

»Sehr freundlich, Mylord.« Langley setzte sich.

»Nun, Sir George, warum erzählen Sie mir nicht, was Sie so aufgebracht hat und warum Sie hier hereinstürmen und bereit sind, sich mit mir zu duellieren?«

»Darf ich Ihnen zuvor noch eine Frage stellen, Mylord?«

»Selbstverständlich. Schießen Sie los, Langley.«
Archibald lachte. »Vielleicht sollte ich das lieber nicht sagen,
nicht wahr? Schließlich wollten Sie sich eben noch mit mir
duellieren.«

Langley lächelte kurz. »Nun, dann möchte ich Sie fragen,
ob Sie Gefühle für Mrs Collingwood haben und welcher
Natur diese sind.«

»Ich kann nicht leugnen, dass ich –«, begann Archibald
zögerlich. »Aber natürlich wollte ich keinesfalls, ich meine,
falls zwischen Ihnen und Mrs Collingwood doch eine engere
Verbindung besteht –«

»Haben Sie Gefühle für sie?«, wiederholte Sir George
beharrlich. »Sind Ihre Gefühle für Mrs Collingwood mehr als
freundschaftlicher Natur?« Er sah Lord Beresford
herausfordernd an. »Oder lassen Sie es mich anders
formulieren. Welche Absichten hegten Sie, als Sie Mrs
Collingwood gestern aufsuchten und wir uns in Bramble
Cottage begegneten?«

Die Direktheit der Frage verunsicherte Archibald. Sollte
er mit offenen Karten spielen und riskieren, sich zu
blamieren? Wahrscheinlich war es das Beste, denn
Missverständnisse hatte es in dieser verrückten Geschichte
bereits genug gegeben.

»Ich kam in der Absicht, einen Handel einzulösen«, sagte
er schließlich. »Es ging um einen Gedichtvortrag, den Mrs
Collingwood mir versprochen hatte, wenn es mir gelänge, ein
bestimmtes Gedicht für sie ausfindig zu machen.«

»Es war Ihnen also daran gelegen, Mrs Collingwood wiederzusehen. Oder haben Sie das alles als eine Art Spiel betrachtet, einen unbedeutenden Zeitvertreib?«

»Kein Spiel. Nein. Das war es keineswegs. Es war mir daran gelegen, Mrs Collingwood wiederzusehen.«

»Ihr Interesse war also durchaus ernsthafter Natur«, folgerte Sir George und hielt herausfordernd Archibalds Blick.

Archibald musste eine Weile über diese Frage nachdenken. Zugegebenermaßen hatte er sich von spontanen Impulsen leiten lassen, doch selbstverständlich hatte er mit Mrs Collingwood kein falsches Spiel treiben wollen.

»Ich bin kein Frauenheld, falls es das ist, was Sie vermuten. Also denke ich, ich kann Ihre Frage bejahen«, sagte er schließlich.

Sir George nickte. »Aha. So ist das also. Dann war es Ihnen ernst mit ihr.«

»Durchaus. Allerdings, wenn Sie länger bestehende Ansprüche haben oder es ein Einverständnis zwischen Ihnen gibt, so will ich mich natürlich nicht zwischen Sie drängen.«

»Es gibt kein Einverständnis. Henry Collingwood war mein Cousin. In der Tat machte ich Dorothy den Vorschlag, eine Heirat in Betracht zu ziehen, jedoch ist unsere Beziehung weniger romantischer Natur.«

Archibald lauschte aufmerksam, während Sir George ihm erläuterte, wie es zu diesem Antrag gekommen war und welche Umstände ihn dazu veranlasst hatten.

»Dann sind Sie also nur ein guter Freund, der sich ihr und ihrem verstorbenen Mann verpflichtet fühlt?«

»Richtig. Ich habe Dorothy lieb gewonnen und sie liegt mir am Herzen. Ich bin sicher, dass aus einer solchen Freundschaft mit der Zeit Liebe erwachsen würde, allerdings will ich ihrem Glück nicht im Wege stehen, sollte sie ihr Herz bereits jemand anderem geschenkt haben. Also lassen Sie mich noch einmal in aller Deutlichkeit fragen: Haben Sie Gefühle für Dorothy und sind Ihre Absichten ernsthafter Natur?«

»Ja und ja«, entgegnete Archibald entschlossen. Wenn es ihm bisher nicht so deutlich bewusst gewesen war, so hatte er nun absolute Gewissheit.

Langley sah ihn scharf an.

»Warum treten Sie dann den Rückzug an wie ein Feigling, wenn sich Ihnen ein vermeintlicher Rivale in den Weg stellt? Die Nation kann froh sein, dass Sie unser Vaterland nicht auf dem Kontinent verteidigen, Mylord.«

»Ich muss doch sehr bitten!«, entrüstete sich Archibald.

»Oder glauben Sie etwa, Dorothy wäre es nicht wert, um sie zu kämpfen?«, fragte Sir George offensichtlich unbeeindruckt. »In dem Falle bereue ich es, dass ich mich überhaupt hierher auf den Weg gemacht habe. Dorothy ist eine schöne, kluge, warmherzige und großzügige Frau. Jeder Mann, der ihre Zuneigung gewinnen kann, darf sich glücklich schätzen. Und wenn es Ihnen ernst ist, Beresford, verkriechen Sie sich nicht in London, sondern machen sich auf den Weg nach Surrey. Sie sind ein Glückspilz.«

Archibald sah ihn verdattert an. »Sie meinen …?«

George lachte. »Ich meine, Sie sollten sich beeilen und das Herz dieser Frau für sich erobern, bevor es ein anderer tut.«

»Sie meinen jetzt sofort?«

»So bald wie möglich. Und noch etwas, Beresford: Mir ist sehr an Dorothys Wohlergehen gelegen, also vermasseln Sie diese Sache nicht. Sollten Sie sie in irgendeiner Weise enttäuschen oder verletzen, bekommen Sie es mit mir zu tun.«

»Nichts läge mir ferner.« Archibald lächelte und erhob sich. Er deutete auf den kaum berührten Teller. »Wenn Sie hungrig sind, bedienen Sie sich. Es ist noch warm. Und jetzt entschuldigen Sie mich, Sir George, es gibt eine dringende Angelegenheit in Surrey, um die ich mich kümmern muss.«

Sir George lächelte und schlug Archibald kameradschaftlich auf die Schulter.

»Dann immer zu, mein Freund. Ich wünsche Ihnen Glück.«

KAPITEL 20

Ein unverhofftes Wiedersehen

Ohne Eile lief Dorothy unter den schattigen Bäumen entlang und ließ den Blick über die Obstwiese schweifen, auf der die Apfelbäume schon dem Ende ihrer Blüte entgegensahen und Wiesenschaumkraut, Schafgarbe und Löwenzahn hübsche Farbkleckse ins Grün tupften.

Der Morgen in Oakham mit Maria, Francis und den Kindern war schön gewesen und hatte sie von ihrem Kummer abgelenkt. Gemeinsam mit Maria hatte sie in alten Ausgaben von *La Belle Assemblée* geblättert, denn sie hatte beschlossen, beim Schneider in Epsom ein paar neue Kleider in Auftrag zu geben. Lady Pinkney hatte Maria einen Besuch abgestattet, um sie wissen zu lassen, dass sie bald zur Saison nach London aufbräche. Wenn Maria Clara bereits in dieser Saison debütieren lassen wolle, bot sie an, Clara als Cecilias Begleitung mitzunehmen. Als Maria dankend ablehnte und meinte, sie wolle noch ein oder zwei Jahre warten, hatte Dorothy kurz mit dem Gedanken gespielt, sie zu überreden und sich als Anstandsdame anzubieten. Diese Idee hatte sie allerdings umgehend verworfen. Sie konnte Claras Wohl nicht der kindischen Hoffnung unterordnen, dort zufällig Lord Beresford zu begegnen.

Überhaupt wusste sie nicht, warum ihre Gedanken immer wieder zu ihm zurückkehrten. Er hatte sie gewiss längst vergessen. Es betrübte sie, dass ihre zart aufkeimenden Gefühle leidenschaftslos betrachtet keine Zukunft hatten und sie ihr gerade aus dem langen Winterschlaf erwachtes Herz vorerst wieder zum Schweigen bringen musste. Doch die Tatsache, dass sie nach Henry überhaupt noch fähig war, einen Mann auf diese Weise zu lieben und zu begehren, erfüllte sie mit Hoffnung für die Zukunft. Wenn sie es fertiggebracht hatte, Henrys Verlust zu verwinden, so würde sie mit der Zeit auch über diesen hinwegkommen, und vielleicht würde es für sie irgendwann einen neuen Frühling geben. Noch war sie nicht zu alt, und ihr Herz war offenbar doch noch in der Lage, Feuer zu fangen.

Sie war noch nicht weit gegangen, als entfernter Hufschlag einen Reiter ankündigte. Bald tauchte er in ihrem Blickfeld auf. Sie kniff die Augen zusammen, um zu erkennen, um wen es sich handelte. Fremden begegnete man auf dem Weg von Oakham nach Bramble Cottage nur äußerst selten.

Als der Reiter näher kam, erkannte sie ihn sofort, und ihr Herz klopfte aufgeregt gegen ihre Rippen.

»Lord Beresford!«, rief sie und beschleunigte ihre Schritte, als der Marquess das Pferd zum Stehen brachte und abstieg. »Was um alles in der Welt tun Sie hier? Wollten Sie nicht längst nach London abgereist sein?«

Ein amüsiertes Lächeln erhellte sein Gesicht.

»Ich freue mich auch, Sie wiederzusehen, Mrs Collingwood. Ich hoffe, ich finde Sie in bester Gesundheit?«

Dorothy musste lachen und spürte, wie die Röte in ihre Wangen stieg.

»Verzeihen Sie. Ich war nur so überrascht, Sie zu sehen. Sagten Sie nicht, dass Sie dringend in London erwartet würden?«

Als Lord Beresford nun lächelte, hatte sein Ausdruck etwas von einem verlegenen Schuljungen, der die Frage des Lehrers nicht zu beantworten wusste.

»Nun, in London musste ich feststellen, dass meine Gedanken stets hierher zurückkehrten, und ich beschloss, die Londoner Saison noch eine Weile warten zu lassen und einen ausgedehnten Aufenthalt auf dem Land einzulegen. Ich werde eine Weile die reizvolle Schönheit der Umgebung genießen. Der Gesundheit wegen, Sie verstehen.« Er zwinkerte ihr zu.

»So so, der Gesundheit wegen.« Dorothy lachte. Sie hatte das Gefühl, ihr Herz müsste überlaufen vor Glück. Es gab nun keinen Zweifel mehr. Er war ihretwegen zurückgekehrt.

»Wenn Sie erlauben, Mrs Collingwood, werde ich Sie während meines Aufenthalts recht oft besuchen.«

»Sehr gern, Mylord. Ich schulde Ihnen noch einen Gedichtvortrag. Aber was wird man in London sagen? Hatten Sie dort nicht dringende Angelegenheiten zu erledigen?«

»Bis nach London sind es nur etwa achtzehn Meilen. Wenn man mich durchaus dringend braucht, könnte ich also binnen zwei Stunden dort sein. Jedoch bin ich überzeugt, dass man im Parlament noch eine Weile ohne mich auskommen wird, bis ich vollständig genesen bin.« Er lächelte schalkhaft.

»Genesen? Oje, Mylord. Es wird doch nichts Ernstes sein?«, fragte Dorothy in einem Ton gespielter Besorgnis.

»Nur ein leichtes Fieber«, entgegnete Beresford. »Aber ich fürchte, es ist äußerst ansteckend.« Er trat näher und suchte ihren Blick.

»Ich muss gestehen, dass ich allein diesen Schritt nicht gewagt hätte. Ihr Freund Langley suchte mich in London auf, um mir gehörig den Kopf zu waschen.«

»George war bei Ihnen?« Dorothy war perplex.

»Richtig. Er fand mich bei White's und schimpfte mich einen Feigling.«

»Er hat was?« Dorothy schlug die Hand vor den Mund.

»Was soll ich sagen? Ich musste ihm recht geben. Es war feige, den Rückzug anzutreten, bevor ich Ihnen gestehen konnte, was ich für Sie empfinde.«

Er nahm ihre Hand und zog sie vorsichtig an seine Brust.

»Mrs Collingwood, Sie haben mich verzaubert, gleich von unserer ersten Begegnung an. Ich kann nicht anders, als unser Zusammentreffen an jenem Tag als eine glückliche Fügung des Schicksals zu betrachten.«

Dorothy fühlte sich eigenartig leicht und schwindelig, ihr Herz klopfte aufgeregt, und sie hätte jubeln mögen.

»Und Langley hat vollkommen recht. Es wird gewiss Hindernisse geben, die uns in den Weg gelegt werden, doch ich würde es bereuen, wenn ich nicht kämpfen würde, um sie zu überwinden. Können Sie sich vorstellen, es zu wagen?«

»Mylord, ich –«

»Archibald«, verbesserte er.

Zögerlich legte Dorothy ihre Hand an seine Wange. Der Blick seiner warmen Honigaugen strahlte Aufrichtigkeit und so etwas wie Ehrfurcht aus. Beresford sah nicht auf sie herab, er betrachtete sie als ihm ebenbürtig, und das ließ er sie deutlich spüren.

»Dorothy«, flüsterte sie und strich sachte mit dem Daumen über seine Wange. Er beugte den Kopf zu ihr und berührte sanft ihre Lippen mit seinen. Zart wie ein Schmetterlingsflügel war die flüchtige Berührung und doch hallte sie bis ins tiefste Innere nach und weckte die Sehnsucht und Leidenschaft, die dort schlummerten. Dorothy legte die Hand in seinen Nacken und erwiderte seinen Kuss forscher und leidenschaftlicher, ließ es zu, dass seine Lippen zu ihrem Hals wanderten und zarte Küsse auf ihre empfindliche Haut hauchten.

»Ich liebe dich«, flüsterte er an ihrem Hals und trat langsam einen Schritt zurück. Mit dem Finger hob er sanft ihr Kinn, sodass sie ihm direkt in die Augen sehen musste.

»Es wird nicht leicht werden. Womöglich wirst du Dünkelhaftigkeit und Gerede ertragen müssen, aber ich verspreche dir, dass ich fest an deiner Seite stehe, dich beschütze und verteidige. Deine unverstellte Natürlichkeit und dein fröhliches Wesen haben mich von Anfang an gefangen genommen und ich hoffe, dass du sie niemals ablegst, um den Ansprüchen einiger selbstgefälliger Wichtigtuer zu genügen.«

Dorothy lachte laut. »Ich könnte gar nicht, auch wenn ich wollte. Frag nur meine Cousine Maria. Früher oder später würde die Maske fallen.«

»Das ist auch gut so. Weniger Arroganz und Blasiertheit stünden so manch einer hochwohlgeborenen Lady weit besser zu Gesicht.«

Archibald lächelte und drückte ihr noch einen zarten Kuss auf die Lippen. Dann wurde sein Ausdruck wieder ernst. Er griff nach ihrer Hand, machte einen Schritt zurück und ließ sich auf ein Knie sinken.

»Dorothy Collingwood, ich möchte dich in aller Form um deine Hand bitten. Willst du meine Frau werden?«

Durch einen Tränenschleier blickte Dorothy in sein hoffnungsvolles Gesicht. Sie öffnete den Mund, um zu antworten, aber kein Ton kam heraus. Stattdessen nickte sie nur vehement.

»Ja, ja, ich will. Selbstverständlich will ich«, rief sie. Ihr Kopf fühlte sich leicht an und sie hatte das Gefühl, als könnte sie sich in die Luft erheben, wenn sie sich nur kräftig genug vom Boden abstieße.

Er erhob sich, umfing ihre Taille und zog sie fest an sich.

»Du hast mich gerade zum glücklichsten Mann unter der Sonne gemacht«, flüsterte er in ihr Ohr.

Warm legten sich seine Lippen auf ihre. Dorothy schloss die Augen und erwiderte seinen Kuss mit tief empfundener Leidenschaft.

EPILOG

Lady Beresfords Geburtstag im September des darauffolgenden Jahres

»O Archibald!«, rief Dorothy, als sie das Papier zurückschlug und ein gerahmtes Gemälde zum Vorschein kam. »Was für ein wundervolles Geburtstagsgeschenk. Ich werde Wilkins gleich bitten, es im Salon aufzuhängen.«

»Nun kann ich es jeden Tag betrachten. Vielen Dank, mein Liebling.«

Sie schlang die Arme um ihn und drückte ihm einen liebevollen Kuss auf die Lippen und er nahm sie fest in die Arme. Als sie sich von ihm löste und eben nach Wilkins klingeln wollte, hielt sie inne und sah Archibald prüfend an.

»Ich kenne dieses Lächeln. Du hast etwas ausgeheckt. Raus mit der Sprache. Was führst du im Schilde?«

Archibald lachte. »Nichts, mein Juwel. Aber das Aquarell ist quasi nur ein symbolischer Stellvertreter für mein eigentliches Geschenk.«

Dorothy sah auf das Bild und dann zu Archibald.

»Nein! Du hast nicht –« Sie schlug die Hand vor den Mund. »Archibald! Du bist ganz und gar verrückt, weißt du das?«

»Verrückt nach dir, mein Engel.« Er zog sie wieder in seine Arme und küsste sie zärtlich. »Ich habe mir erlaubt, etwas Landbesitz in Surrey zu erwerben. Dazu gehören einige Cottages, die ich vermieten werde, und eines, das uns als hübsches kleines Liebesnest dienen wird, in dem wir uns vor der Welt verstecken können. Es soll dir gehören.«

»O du Verrückter! Du hast Bramble Cottage für mich gekauft!«, rief Dorothy und lachte. »Ich freue mich so.«

»Wir sollten bald für eine Zeit hinfahren. Was meinst du? Solange es noch warm ist und das Parlament sich in der Sommerpause befindet, wäre doch die perfekte Gelegenheit, etwas Ruhe und Abgeschiedenheit zu genießen.«

»Ruhe und Abgeschiedenheit.« Dorothy lachte. »Die habe ich hier in Kent zur Genüge. Gerade, als ich mich an den Luxus, den Trubel, die Bälle, Konzerte und Theatervorstellungen gewöhnt hatte, war die Saison auch schon wieder vorbei. Ich kann gar nicht abwarten, im nächsten Frühjahr in unser Stadthaus zurückzukehren. Allerdings sind ein paar Tage Zweisamkeit auch nicht zu verachten, und Bramble Cottage ist im Spätsommer sehr hübsch.«

Es klopfte und Wilkins betrat den Salon, um die Post zu bringen. Seit sie die Marchioness of Beresford war, hatte Dorothy stets eine Menge Korrespondenz zu erledigen, definitiv eine der weniger erfreulichen Folgen ihrer Heirat mit dem Marquess. Dorothy hatte sich noch immer nicht vollständig an ihre neue Rolle gewöhnt, jedoch mit der Zeit begonnen, die Annehmlichkeiten ihres Status zu genießen. Bisweilen war es anstrengend, sich zusammenzunehmen und die strengen Regeln der besseren Gesellschaft einzuhalten, und nicht immer gelang es Dorothy, sich fehlerfrei durch die Fallstricke ihres ungewohnten Lebens als Marchioness zu lavieren. Sie wusste, dass einige Damen oft und gern über sie tuschelten und über ihre Herkunft die Nase rümpften, doch sie trug es mit Fassung. Ihre Liebe zu Archibald und dessen Loyalität und Wertschätzung gaben ihr die Gelassenheit, über den Dingen zu stehen. Sollten sie im Geheimen über sie lachen. Die meisten von ihnen hätten es niemals gewagt, es offen zu tun, denn Archibald war einflussreich, und Dorothy war vielen der hochnäsigen Lästerzungen im Rang überlegen, was sie zähneknirschend akzeptieren mussten.

Die Leute, auf deren Bekanntschaft sie Wert legten, hatten Dorothy ohnehin rasch für ihre Herzlichkeit und Ehrlichkeit zu schätzen gelernt.

»Du bist so schweigsam, woran denkst du?«, fragte Archibald.

Dorothy lächelte. »Ich dachte eben daran, dass ich es noch keinen Tag bereut habe, mir damals auf dem Spaziergang den Knöchel verknackst zu haben. Manchmal bringt ein kleines Unglück auch großes Glück.«

»Dem kann ich nur von ganzem Herzen zustimmen, Täubchen.«

Archibald nahm Dorothy fest in die Arme und küsste sie leidenschaftlich.

NACHWORT DER AUTORIN

Liebe Leserin! Lieber Leser!

Vielen Dank, dass Sie sich für den Kauf meines Romans entschieden haben. Ich hoffe, ich konnte Sie mit meiner kleinen literarischen Zeitreise gut unterhalten. Wenn Sie Dorothy und Archibald ins Herz geschlossen haben, können Sie die beiden in »Der Myrtenzweig« in einem Regency-Krimiabenteuer erleben. Eine Leseprobe finden Sie im Anhang. AutorInnen leben vom Feedback ihrer LeserInnen. Daher freue ich mich über jede Rezension und Hinweise. Schreiben Sie mir auch gerne eine E-Mail (info@dorothea-stiller.de).

Die Love Shots sind ein gemeinsames Projekt einer Autorengruppe und genauso unterschiedlich wie wir siebzehn Autorinnen sind auch unsere Romane. Doch eines verbindet sie: die Liebe. Nicht nur als thematischer roter Faden, der unsere Bücher durchzieht, sondern auch unsere Liebe zum Schreiben. Wir alle schreiben mit Engagement und Herzblut und ich denke, das merkt man unseren Büchern auch an.

Geht das denn gut, wenn siebzehn Autorinnen mit unterschiedlichen Charakteren und in verschiedensten Genres aufeinandertreffen? Ja, es geht sogar sehr gut.

Aus einer Gruppe, die gemeinsam Gewinnspiele veranstaltet hat, ist inzwischen eine Autorinnenfamilie geworden. Wie in jeder Familie geht es auch mal hoch her, wenn unterschiedliche Temperamente aufeinandertreffen, aber die Romance Alliance gibt mir Kraft, Mut, Inspiration, Freundschaft und Sicherheit in einem manchmal chaotischen und harten Literaturbetrieb. Ich bin froh, dass es meine Mädels gibt und würde sie nie wieder hergeben! Vielen Dank an euch, Mädels. Außerdem sind wir gemeinsam kreativ. Es gibt bereits einige gemeinsame Projekte. Leseproben aus unserem Love-Shots-Programm finden Sie ebenfalls im Anhang. Wenn Sie neugierig geworden sind, dann schauen Sie auf unserer Homepage vorbei:

https://romance-alliance.com oder besuchen Sie uns auf Facebook: https://www.facebook.com/romancealliance/.

Auch ich bin in den Weiten des World Wide Web anzutreffen.

Autorinnenseite: https://dorothea-stiller.de

Facebook: https://www.facebook.com/dorothea.stiller/

Twitter: https://twitter.com/StillerDorothea

Instagram: https://www.instagram.com/dorotheastiller/

ROMANCE ALLIANCE LOVE SHOTS

Einfach mal wegträumen! Lesehappen mit Herz.

Die Romance Alliance ist eine Autorengruppe von siebzehn einzigartigen Frauen, in deren Büchern Liebe eine zentrale Rolle spielt. Unsere Liebesromane sind so unterschiedlich wie wir Autorinnen und bewegen sich durch die unterschiedlichsten Genres. Getreu unserem Motto „Bücher mit Herz" schreiben wir mit Liebe und Leidenschaft. Unsere Love Shots sind ein praktisches Kurzformat von etwa 100-150 Seiten in unterschiedlichen Romance-Genres: historisch, Cosy Crime, Gay Romance, Contemporary, Romantasy etc. zum kleinen Preis von € 2,99.

Maximale Abwechslung und maximaler Lesespaß! Appetitliche Lesehappen für zwischendurch, ob auf Reisen, auf dem Weg zur Arbeit oder daheim auf der Couch.

Dorothea Stiller:

»Der Myrtenzweig«

Regency-Kriminalroman

(mit freundlicher Genehmigung von dp Digital Publishers)

Ein Mordfall in der Londoner High Society: Lady Beresford ermittelt

Lady Dorothy Beresford, warmherzige und zugleich resolute Marchioness, wird zur unfreiwilligen Ermittlerin in einem Mordfall, als der Bruder ihrer treuen Kammerdienerin sich vom Galgen bedroht sieht. Felton Seymour, ein berüchtigter Frauenheld und Dandy, ließ sich von ihm aus dem berühmten Almack's Club heimfahren.
Doch als die Droschke am Ziel eintraf, fand man den Insassen erdolcht und mit einem Myrtenzweig auf der Brust im Fond. Obwohl er seine Unschuld beteuert und schwört, die Fahrt nicht unterbrochen zu haben, wird der Kutscher verhaftet ...

Lady Beresford will ihrer Kammerdienerin helfen, die Unschuld ihres Bruders zu beweisen. Gleichzeitig fällt ihr das Los zu, das zu tun, was Dorothy „Dotty" Beresford am besten kann: eine Ehe zu stiften. Rose Lymington, das Patenkind ihres Gatten, soll dringend unter die Haube. Bald stellt sich heraus, dass die Lymingtons noch eine Rechnung mit dem Ermordeten offen hatten. Ist die renommierte Familie etwa in den Mord verwickelt?

Eins

Mittwoch, 9. März 1814 – King Street, London

Martin Reynolds trat auf der Stelle und rieb sich die
behandschuhten Hände. Sein Atem zauberte weiße
Wölkchen in die Nachtluft, und trotz des wollenen Garrick-
Mantels war es erbärmlich kalt. Eine Fahrt noch, dann würde
er Feierabend machen und sich zuhause vor dem Ofen die
vereisten Glieder wärmen. »Verrücktes Wetter!«, fluchte er,
und sein Kollege, dessen Droschke hinter der seinen wartete,
murmelte Zustimmung. Der Frost hatte England seit Ende
Dezember fest in den klammen Fingern und wollte dem
Frühling nicht weichen. Anfang Februar war die Themse so
fest zugefroren gewesen, dass ein viertägiger Frostjahrmarkt
auf dem Eis gefeiert worden war. Unterhalb der Blackfriars
Bridge hatte man sogar einen Elefanten über das Eis geführt.
Und was die Kälte anging, war der März kaum besser.
Reynolds hob erwartungsvoll den Kopf, als sich die Türen
öffneten und er vom Eingang her laute Stimmen vernahm. Es
schien ein kleines Handgemenge zu geben und dann
erschien, begleitet von zwei Angestellten des Clubs, ein
Gentleman in einem modischen blauen Reitermantel und
hohem schwarzem Wellingtonhut. Gesprächsfetzen wehten
zu Reynolds herüber. »… keinen Tropfen! Das habe ich Ihnen
doch schon mehrfach gesagt.« Dabei klang der Mann alles
andere als nüchtern. Reynolds' Kollege zog die Schultern

hoch und grinste. »Deine Fuhre! Den überlasse ich dir gern, Kumpel.« »Lach du nur. Dafür bin ich schneller wieder daheim und wärm' mir den Hintern am Feuer!« Reynolds lachte und öffnete den Schlag. »Seien Sie so gut, und bringen Sie meinen Freund in die Harley Street, Nummer 51, Seymour House. Ich würde gern einen Skandal vermeiden. Sehr verbunden.« Ein weiterer Gentleman in dunklem Pelerinenmantel und Biberhut war hinter dem schwankenden Herrn mit dem Wellington aufgetaucht und hatte Reynolds einige Münzen in die Manteltasche gesteckt. Er klopfte zur Bekräftigung kurz darauf und überließ Martin Reynolds den Fahrgast. »Kommen Sie, Sir, ich helfe Ihnen.« Er fasste den Herrn leicht am Ellenbogen und dirigierte ihn zum Einstieg der Kutsche. »Fassen Sie mich nicht an, Mann!« Der Gentleman schwang herum, um Reynolds beiseite zu stoßen. Doch er verlor dabei fast das Gleichgewicht, und der Droschkenkutscher musste ihn stützen. »Ich sagte, Sie sollen mich loslassen, Sie Trottel! Ich will sofort wieder hinein. Ich lasse mich doch nicht einfach vor die Tür setzen.« Reynolds seufzte und knirschte mit den Zähnen. Nur nicht unhöflich werden zu den feinen Herrschaften, egal wie unmöglich die sich aufführten. »Sir, wir bitten Sie noch einmal höflich zu gehen, sonst müssen wir einen Konstabler bemühen«, sprang nun einer der livrierten Angestellten Reynolds bei. »Idioten! Gelumpe!«, stieß der Gentleman im blauen Mantel hervor, ließ sich dann aber doch von Reynolds in die Kutsche helfen.

Es kam nicht selten vor, dass Reynolds renitente Herren fahren musste, die zu tief ins Glas geschaut hatten, doch vor dem renommierten Almack's Club hatte er heute Abend nicht damit gerechnet. Schließlich wurde Alkohol dort aus Prinzip nicht ausgeschenkt. Darüber wachten die gestrengen Patronessen mit Argusaugen. Mussten verflucht traurige und steife Veranstaltungen sein, so ohne einen anständigen Tropfen, dachte Reynolds. Kein Wunder also, dass so mancher Gentleman die Gelegenheit nutzte, bereits vor dem Besuch bei Almack's zu zechen. Dieser Geselle hier schien es allerdings übertrieben zu haben, was vermutlich der Grund für seinen Rauswurf war. Na ja, ihm sollte es recht sein. Verrückte feine Pinkel! Auf die Art und Weise kam er wenigstens schneller ins Warme. Er schüttelte den Kopf, band die Pferde los und kletterte auf den Kutschbock. Er schnalzte kurz mit der Zunge und ließ die Peitsche knallen, dann rumpelte seine Droschke in die eiskalte Märznacht davon. Reynolds bog in die Duke Street ein. Sein Weg führte ihn über Piccadilly und Bond Street nordwärts in Richtung Regent's Park. Nicht einmal eine Viertelstunde später erreichte er sein Ziel. Die Kälte war ihm in die Knochen gekrochen, und trotz des Schals fühlte sich sein Gesicht an wie zu einer Maske erstarrt. Doch das warme Herdfeuer und der wohlverdiente Feierabend waren nun in greifbare Nähe gerückt. Als er vom Bock kletterte, sah er bereits einen livrierten Diener auf die Kutsche zueilen. Der Schlag wurde geöffnet. Als sich nichts regte, steckte der Diener den Kopf ins Innere der Kutsche. »Mr Seymour? Sir?« Reynolds sah, wie der Diener auf den Tritt stieg. Ungeduldig rieb er die Hände zusammen. Offenbar war sein Fahrgast eingeschlafen. »Mr Seymour? Sir, wachen Sie auf.« Eine Weile ging es so weiter. Dann Stille. Darauf plötzlich ein Schrei. »O Gott! Blut! Das ist Blut! Er ist tot!« Reynolds fuhr zusammen. Hatte er sich verhört? Blut? Aber wie konnte so etwas sein? Er griff die Laterne vom Bock und machte einen unsicheren Schritt auf die Kutsche zu, als der Diener bereits heraustaumelte. Martin Reynolds schlug die Hand vor den Mund. »Guter Gott, Sie sehen ja fürchterlich aus, Mann!« Reynolds machte einen Schritt auf ihn zu, doch der Mann wandte sich ab und hob abwehrend die Hände. »Rühren Sie mich nicht an, Sie Ungeheuer! Sie haben Mr Seymour umgebracht!« Laut hallte die Stimme des Dieners von den Häuserfassaden wider. »Aber, ich verstehe nicht …«, stammelte Reynolds. Doch der Mann in der Livree rief laut um Hilfe und lief kopflos in Richtung Dienstboteneingang davon. Reynolds umklammerte den Griff der Laterne und öffnete den Schlag. Die flackernde Lichtquelle über den Kopf gehoben, setzte er einen zittrigen Fuß auf den Tritt und spähte ins Innere. Der süßliche Messinggeruch, der ihm entgegenschlug, war überwältigend. Reynolds schluckte und hielt die Laterne höher, um etwas erkennen zu können. Schlaff hing Seymour in seinem Sitz. Der Oberkörper war zur Seite gesunken und lehnte gegen die Seitenwand. Mitten auf seiner Brust sah Reynolds einen dunklen Fleck. Dort war der Stoff des Mantels zerfetzt und durch das Loch konnte man den darunterliegenden Stoff des Hemdes sehen – vollkommen rot getränkt. Für einen Moment hatte er das Gefühl, sein Herz habe vergessen zu schlagen. Gedanken rasten durch seinen Kopf. Wer konnte seinen Fahrgast angegriffen und tödlich verletzt haben? Es war doch niemand bei ihm gewesen – und er hatte nirgends angehalten. Und wenn ihn jemand erdolcht hatte: Wo war dann die Waffe? Der Diener hatte nichts in der Hand gehabt. Im Lampenschein konnte er Seymours wächsern bleiches Gesicht erkennen. Wären nicht die unnatürliche Pose und das Blut gewesen, hätte man meinen können, er schliefe. Nichts an seinen Gesichtszügen verriet den Schrecken eines Angriffs. Hinter sich hörte Reynolds vielstimmiges Rufen und eilige Schritte, die auf dem Pflaster hallten. Er wollte die Lampe herunternehmen und aus der Kutsche klettern, als ihr Schein etwas Ungewöhnliches erfasste. Er runzelte die Stirn. Unterhalb des Blutflecks, auf der Brust des Toten, lag etwas. Reynolds griff danach. Mit spitzen Fingern hob er es auf und drehte es, um es zu betrachten. Es war irgendeine Art von Zweig. Die kräftigen, glänzenden Blätter erinnerten an Lorbeer. Doch die weißen Blüten sahen keiner Pflanze ähnlich, die Reynolds je gesehen hatte. Gerade als er den Zweig wieder ablegen wollte, wurde der Schlag weiter aufgerissen. Kräftige Arme packten den verdatterten Droschkenkutscher und zerrten ihn aus dem Fond. »Das ist der Bursche! Der hat ihn auf dem Gewissen. Lasst ihn nicht entkommen!«

Im Oktober geht es weiter mit Love Shot Nr. 15:

»Mord im Goldfischglas«

von Anne Gard

Hier schon mal ein kleiner Ausblick:

Am Tag des Brandes, als Tristan von seiner Mutter allein gelassen wurde, ging ihm der Glaube an die Liebe verloren. Äußerlich vom Feuer entstellt, haben die Flammen innerlich tiefe Spuren auf seiner Seele hinterlassen. Isoldchen, seine schöne und kluge Kollegin im Polizeipräsidium, glaubt dagegen mit ganzem Herzen an die Liebe. An Tristans Seite will sie sich der Welt der Mörder stellen, um gegen die Langeweile ihres eigenen perfekten Lebens anzukämpfen. Ob die kreuzbrave Bäuerin Wally ihren brutalen Gatten tatsächlich umgebracht hat, muss allerdings erst noch bewiesen werden. Endlich steht Wallys Zukunft mit ihrem Liebsten nichts mehr im Weg. Fast nichts, denn ihr Liebster ist glücklich verheiratet und Wally hat sich nur in ihren romantischen Tagträumen ein gemeinsames Leben mit ihm aufgebaut. Ein kniffliger Fall für Tristan und Isoldchen. Zumal Isoldchen sich fragt, ob sie sich zu Tristan hingezogen fühlt, weil er sich mit dem Bösen beschäftigt oder weil er gar selbst das Böse verkörpert.

Und so bahnt sich am idyllischen Schliersee eine kleine Tragödie an.

Kapitel 1

Die Sehnsucht im Kaffeehaferl

Das Leben hatte Wally mehr zugemutet, als sie es je für möglich gehalten hätte, wobei sie sich nicht selten die Frage stellte, ob diese traurige Tatsache dem Schicksal zuzuschreiben sei oder ihren eigenen Fehlentscheidungen. Fehlentscheidungen gab es so einige in ihrem Leben, gute

Entscheidungen dagegen nicht allzu viele. Ein oder zwei und die betrafen eher Nichtigkeiten.

Eine Tasse Kaffee in der Hand, den Blick auf den Gemüsegarten gerichtet, der schmerzlich eine Bäuerin mit grünem Daumen vermisste, saß sie am Frühstückstisch und dachte über ihr Leben nach, über den Hof, über Quirin, über Marianne. Quirin war ihr Mann, Marianne war ihre beste Freundin, besser gesagt, ihre beste Freundin gewesen, damals auf der Landwirtschaftsschule.

Bei dem Gedanken, dass seit ihrer Schulzeit schon 34 Jahre verstrichen sind, entwich ihr über zu viel Vergangenheit und zu wenig Zukunft ein Stöhnen, insbesondere aber über die Tatsache, nicht glücklich und stolz auf diese Vergangenheit zurückblicken zu können. Marianne dagegen hatte allen Grund, glücklich und stolz sowohl in die Vergangenheit wie auch in die Zukunft blicken zu können. Auch wenn Wally sich dafür schämte, so war sie doch immer neidisch auf ihre Schulfreundin gewesen. Denn während Wally sich im Buttermachen und in der Kleintierhaltung abmühte, angelte sich die hübsche Marianne ohne große Anstrengung den Schulrektor, was ihr nicht nur Bestnoten, sondern auch eine romantische Hochzeit samt anschließendem sorgenfreien Leben bescherte.

Wally dagegen war schon als junge Frau nicht hübsch gewesen. Und jetzt war sie es erst recht nicht – mit 50 Jahren und nach einem langen Arbeitsleben auf dem Bauernhof. Die schmalen, eng zusammenstehenden Augen, die schwulstigen Lippen des viel zu kleinen Mundes und die Hakennase bescherten ihr in Kindertagen den Spitznamen ‚Staubsauger-Fresse'. Damit wollten die Kinder ihr auf uncharmante Art erklären, ihr Gesicht sehe aus, als hätte sie es in den Schlauch eines Staubsaugers gesteckt, wodurch es auf unansehnliche Weise aus der Form geraten war.

Wally nahm einen weiteren Schluck aus ihrem Haferl. Ihre Nase und ihre Wangen waren von einem Spinnennetz rotblauer Äderchen überzogen. Eine Folge der Arbeit im Freien. Zu viel Sonne im Sommer, zu starke Temperaturschwankungen im Winter. Trank sie heißen Kaffee, wurde die Rötung noch intensiver.

Ihr Blick wandert hinaus aus dem Fenster. Sie ließ ihn umherschweifen, sah aber weder die Weide voller Kühe, den großen Hof mit den modernen Stallungen, die vier Traktoren, die vor dem Dehner standen, noch die drei Mercedes, die die Auffahrt säumten. Sie sah eine Vergangenheit voller Arbeit und Mühsal eines bäuerlichen Lebens - und mit dieser Vergangenheit kamen die Fragen. Wie wäre ihr Leben verlaufen, wäre sie hübsch genug gewesen, um einen Mann wie den stattlichen Schulrektor auf sich aufmerksam zu machen. Venedig hätte sie dann sicher schon längst besucht. Sie würde regelmäßig im Restaurant speisen, anstatt tagtäglich in der Küche zu stehen. Und sie würde vielleicht sogar Sport treiben. Tennis oder Golf. Und morgens um vier Uhr aufstehen? Wozu? Nein, ihren Tag würde sie erst um acht oder neun Uhr mit einer schönen Tasse Kaffee und der Zeitungslektüre beginnen. Allerdings hatte der Schulrektor sie nie interessiert. Marianne konnte ihn also getrost behalten. Ihr Herz hatte sie längst einem anderen Mann geschenkt.

"Morgn!" kam es im mürrischen Ton vom anderen Ende der bullig warmen Wohnküche, als Quirin den Raum betrat und sie unsanft aus ihren Gedanken riss.

Unsanft – das trifft tatsächlich auf Quirin zu, dachte Wally, während sie müde in ihre heiße Kaffeetasse schnaufte und ihn keines Blickes würdigte. Wozu sollte sie ihn auch ansehen? Sie wusste auch so, dass Quirin weit davon entfernt war, ein stattlicher Schulrektor zu sein.

"Und?! Bist immer noch beleidigt?", knurrte Quirin. Wally zuckte nur mit den Schultern, während sie eine am Ansatz ergraute Strähne ihres borstigen schwarzen Haares zurück in den Dutt steckte. Sie hatte ihm oft genug erklärt, wie wichtig ihr die Reise nach Venedig gewesen wäre. Schließlich wird man nicht jeden Tag 50 Jahre alt. Sie träumte schon so lange von Venedig. Verliebt in einer Gondel sitzen, eng aneinander gekuschelt die romantische Stimmung des Canale Grandes mit seinen Palästen auf sich wirken lassen. Verstohlene Küsse, warme Haut, den Zauber des Verliebtseins spüren. Sich der Glückseligkeit hingeben, den Mann gefunden zu haben, mit dem man den Rest seines Lebens verbringen möchte.

"Maximilian", hauchte sie in ihr Kaffeehaferl.

"Wos moanst?", hakte Quirin nach und begutachtete sie strengen Blickes. Wally schwieg. Was sollte sie ihm auch sagen? Dass sie Venedig mit Maximilian erleben wollte? Und dass sie genau das tat, jeden Tag in ihrem Kopfkino, während sie die Kühe melkte, das Heu einfuhr, die Äpfel erntete oder ihren lieblosen Gatten befriedigte?

"Maximilian? Meinst du den von Rosenburg? Der schicke Herr von und zu, der einen protzigen Porsche fährt und mit seiner zwanzig Jahre jüngeren Frau den großen Gutshof am Tegernsee bewohnt? Haben die vielen Geburtstagskerzen auch noch deine letzten Gehirnzellen verbrannt?"

Ja – genau das würde Quirin sagen, würde sie ihm jetzt die Wahrheit erzählen. Also schwieg sie und Quirin fragte auch nicht nach, wessen Namen sie gerade in ihr Haferl gemurmelt hatte. Weil es ihm egal war. Wie alles, was sie tat.

Kapitel 2

Spieglein, Spieglein an der Wand

„Essen!", rief Tristans Mutter nun schon zum dritten Mal hoch in sein Zimmer, aber er rührte sich nicht. Er stand vor dem Spiegel und zauderte mit sich selbst. Wie so oft, wenn er seinem Abbild gegenüberstand. Wie sehr er sich wünschte, Durchschnitt zu sein. Die Art Durchschnitt, die keinen bleibenden Eindruck hinterließ. An die sich niemand wirklich erinnern konnte, kaum war derjenige wieder aus dem Moment der Begegnung verschwunden.

Jeden Morgen bestellte Tristan einen heißen Coffee-to-go beim Bäcker gegenüber dem Polizeipräsidium. Er wünschte sich, dass es in den Augen der Verkäuferin keinen Funken Wiedererkennung gäbe, wenn er den Laden betrat. Dass die anderen Kunden keine Notiz von ihm nehmen würden. Dass er durch die Straßen Münchens laufen könnte, ohne dass sich jemand nach ihm umdrehte. Dass seine Mutter nicht mit dieser Mischung aus Traurigkeit und Ablehnung geradewegs durch ihn hindurchblickte. So viele Wünsche und kein einziger würde sich erfüllen.

Aber letztendlich spielten all die Menschen, die aus ihm eine Kuriosität machten, auch keine Rolle. Denn es gab etwas,

was ihn von allen unterschied. Dieses unbändige Feuer, das sein Inneres erhellte, viel mehr noch, sein Inneres lichterloh brennen ließ. Er spürte das Feuer in sich, so sehr wie er es an jenem schicksalsträchtigen Tag auf seiner Haut gespürt hatte. Äußerlich hatte es ihn entstellt. Innerlich ein Begehren nach mehr erweckt. Auch wenn er nicht wusste, nach wem oder was er sich verzerrte, machte dieses Begehren ihn zu etwas Besonderem. Dieses Begehren und die Hoffnung, dass es irgendwann doch noch gestillt werden könnte, ließen die Folgen des Tages, der sein Leben veränderte, beinah vergessen. Beinah, denn an manchen Tagen ... oder war es gar öfter als an manchen Tagen, vielleicht sogar täglich ... machte er seiner Mutter Vorwürfe, ihn seit diesem Tag nicht mehr geliebt zu haben. Aber dann schaltete sich die Vernunft wieder ein, denn wer könnte so ein hässliches Monster schon lieben?

„Tristan!", hallte es ungeduldig hoch in sein Zimmer.

„Ich komme schon", antwortete er ruhig.

 Er wollte nicht mit seinem Schicksal hadern. Als gern gemiedener Außenseiter hatte er viel Zeit gehabt, sich mit dem Schulstoff und später mit dem Studium zu beschäftigen. Zensuren machen keinen Unterschied zwischen schön und hässlich. Er tat sich leicht in Mathematik und Physik, aber ganz besonders interessierten ihn Fächer wie Ethik, Religion und Psychologie. Die Religion hätte ihm ein Anker sein können, ein Wegweiser, aber irgendwann konnte er dieser seltsamen Faszination für das Böse nicht mehr widerstehen. Geschichten über Vergewaltiger, Betrüger und Diebe erregten immer mehr seine Aufmerksamkeit. Ganz besonders aber hatte er eine Schwäche für Mörder. Er selbst wollte töten. Seine Mutter. Dafür, dass sie ihn als Fünfjährigen allein gelassen hatte. Wo auch immer sie damals gewesen war, es dauerte viel zu lange bis sie zurückkam. Er hatte einen Knall gehört und sich im Schrank versteckt. Und dann vernahm er das Knistern, spürte die Hitze. Diese unbändige Hitze, die seine Haut versengte und seine Knochen schmelzen ließ. Man suchte erst nach ihm, nachdem seine Mutter den Feuerwehrmännern begegnet war und ihnen von ihrem kleinen Jungen erzählte. Überrascht von den vielen Feuerwehrautos und von dem verrußten Balkon ihrer kleinen Wohnung im sechsten Stock, sank sie zu Boden.

„Mein Junge, dort oben ist noch mein Junge!"

Erneut durchsuchten die Feuerwehrleute die Wohnung und fanden den Jungen schwerverletzt im Schrank, die Trainingsjacke aus Polyacryl auf die Haut geschweißt, die Jeans durchnässt vom Löschwasser. Kurz bevor die Flammen ihn getötet hatten, hatte ein Feuerwehrmann den Schlauch auf den Schrank gerichtet. Nichtsahnend, dass ein kleiner

Junge sich darin versteckte. Auch diesen Mann wollte Tristan töten.

Ja, Tristan verspürte eine Faszination für das Böse. Aber Tag für Tag unterdrückte er den Wunsch, sich für ein unglückliches Leben zu rächen. Und das gelang ihm am Besten im Kampf gegen das, was auch von ihm ein bedeutender Teil war. Und er war gut in seinem Job, denn wer wäre für die Mordermittlung besser geeignet, als ein Mann, der das Böse in sich trug und daher nur allzu gut wusste, wie ein Mörder tickte.

Er wandte den Blick ab vom Spiegel, entledigte sich der Krawatte und des Hemdes, schlüpfte in seinen Jogginganzug und humpelte hinunter ins Esszimmer. Heute machten ihm die deformierten Knochen wieder ganz besonders zu schaffen.

„Da bist du ja endlich. Ich stehe stundenlang in der Küche und du siehst es nicht mal als notwendig an, pünktlich zum Abendessen zu erscheinen."

„Danke Mama", sagte Tristan und umarmte seine Mutter.

Sanft lächelte er sie an, während sie spröde zurückwich.

„Danke für was?", fragte sie argwöhnisch.

„Ohne dich wäre ich nie in den Polizeidienst eingetreten."

„Dann ist's ja gut. Und jetzt setz dich hin. Es gibt Rouladen und danach einen Schokoladenpudding."

Schokopudding war ihre Antwort auf alle Fragen, ihr Trost in Stunden so dunkel wie die Schokolade selbst.

„Wir haben ihn überführt", berichtete Tristan. „Er sitzt schon in Untersuchungshaft."

Heute hatte er den Vergewaltiger und Mörder einer 16-Jährigen verhaftet.

„Gut gemacht!", lobte ihn seine Mutter. „Deswegen habe ich dich Tristan genannt. Ich habe immer gewusst, dass du ein Held sein wirst", sagte sie.

Ihre Worte könnten ihm Trost schenken, aber sie sprach sie ohne emotionale Regung, ohne Wärme in den Augen, ohne jegliche Überzeugungskraft aus. Sie senkte den Blick, während Tristan sie nüchtern betrachtete, analysierte, wie einen seiner Verdächtigen. Sie war eine schlechte Lügnerin. Bisher hatte er jeden Fall aufgeklärt. Und auch seine Mutter war ein offenes Buch für ihn. Letztendlich wünschte sie sich ein Leben befreit von ihren Sünden. Ein Leben ohne ihren Sohn, der sie tagtäglich daran erinnerte, was für ein schlechter Mensch sie an diesem Tag vor 30 Jahren gewesen war. Von wegen "Die Zeit heilt alle Wunden". Er konnte sich an viele Nächte erinnern, in denen er allein gelassen wurde.

Ganz besonders natürlich an diese eine.

In Westfalen geboren, als Twix noch Raider hieß und in Talkshows noch geraucht wurde, entdeckte Dorothea Stiller früh ihre Liebe zu guten Büchern und begann, eigene Geschichten zu schreiben. Auf in Schulhefte gekritzelte Machwerke folgten Kurzgeschichten, Fan-Fiction und schließlich ihr erster Roman. Auf ein Genre festlegen möchte die Autorin sich nicht. Sie schreibt zeitgenössische Liebesromane, Historische Romane, Krimis und – als Katharina Stiller –Jugendbücher für Mädchen.

Die studierte Anglistin und Germanistin ist Mitbegründerin der Romance Alliance, Mitglied bei Delia, der Vereinigung deutschsprachiger Liebesromanautorinnen und -autoren, den Bücherfrauen und den Mörderischen Schwestern e.V., ist als freie Übersetzerin und Korrektorin tätig und bietet Kurse und Workshops zum kreativen Schreiben an.

Ihr Herz schlägt besonders für Großbritannien und Finnland – und sie hat einen kleinen Tassen-Tick.

WEITERE HISTORISCHE ROMANE DER AUTORIN

Das Geheimnis von Kestrel Hall

ISBN: 978-3-9608-7222-1

Welches Geheimnis verbirgt sich hinter den düsteren Mauern von Kestrel Hall?

England, 1814: Die junge Marguerite Gillray glaubt, das perfekte Glück gefunden zu haben, als sie den charmanten Lord Adam Peterborough heiratet und kurz darauf ihr Sohn Jacob geboren wird. Doch dann ziehen sie auf den Landsitz Kestrel Hall an der rauen Küste Yorkshires. Während es in Marguerites Ehe zunehmend kriselt, muss sie feststellen, dass in dem düsteren Herrenhaus nicht alles mit rechten Dingen zugeht. Bei ihrem Ehemann stößt die verängstigte Marguerite auf Unverständnis. Zuspruch und Trost findet sie jedoch bei dem faszinierenden Timothy Beauchamp, einem Freund der Familie. Schon bald befindet sich Marguerite im Widerstreit der Gefühle und, ohne es zu ahnen, in allerhöchster Gefahr.

Das Wunder von Dunstable

ISBN: 978-3-9608-7660-1

Vier Reisende auf der Suche nach ihrem Wunder

England, Dezember 1815: Die Wege der vier Reisenden Frederica Whitehouse, Sir Thomas, Miriam Pritchard und Lord Chester kreuzen sich, als sie gemeinsam in der Postkutsche in eine Schneewehe geraten. Sie alle könnten kaum unterschiedlicher sein. Während Frederica die Liebe jenseits der gesellschaftlichen Konvention sucht und Sir Thomas sich den Geistern der Vergangenheit stellt, ist Miriam Pritchard stets optimistisch und abenteuerlustig. Der alte Lord Chester hingegen hat sich aufgemacht, um einen vor Jahren begangenen Fehler wiedergutzumachen. Keiner von ihnen ahnt, dass ihre Schicksale eng miteinander verbunden sind. Auch dann nicht, als sich ihre Wege wieder trennen. Doch jeder von ihnen soll in diesem Jahr sein Weihnachtswunder erleben …

Lehrstunden des Herzens
ISBN: ISBN: 978-3-9608-7332-7

Für alle Fans von Jane Austen und Georgette Heyer

Surrey, England, 1811. Die junge Clara Dallaway hat sich bisher wenig Sorgen um ihre Zukunft machen müssen, doch nach einem schweren Schicksalsschlag sieht sie sich von einer Zukunft in Mittellosigkeit bedroht. Nun gilt es, für sie und ihre Schwester Evelyn möglichst schnell eine vorteilhafte Partie zu finden. Doch als eine Verwandte sie den Brüdern Sir Nicholas und Captain Laurence Harding vorstellt, geraten die Schwestern zwischen die Fronten in einem intriganten Spiel.

Als Clara schließlich zum wiederholten Male einen Heiratsantrag ablehnt, sieht sie sich gezwungen, selbst für ihren Unterhalt zu sorgen und nimmt eine Stelle als Gouvernante im Hause des Earls of Wiltmore auf Lynham Hall an. Sie ahnt nicht, dass dadurch ihr Leben nur noch komplizierter wird. Besonders, als sie im Garten wortwörtlich über einen attraktiven Fremden stolpert.

Ein Earl im Unterrock
(Ein Adventskalenderbuch)
Gemeinschaftsprojekt mit: Marie C. Bonnet, Ester D. Jones, Katherine Collins und Dolores Mey

Ein junger Mann auf der Suche nach der großen Liebe und einem Weihnachtswunder

England um 1900: Auf dem jährlichen Weihnachtsball will sich Harriets jüngster Sohn zum neuen Earl erklären. Das passt der gewitzten Lady gar nicht! Denn eigentlich stünde das Erbe ihrem Sohn Charles zu, der mittlerweile in New York lebt. Um sein Erbe anzutreten reist er mit seinem Sohn Louis nach England zurück, stirbt jedoch auf der Schiffsreise. Nun wäre Louis der rechtmäßige Earl, doch der machthungrige Edgar hat längst alle Beweise für die Legitimität des wahren Erben an sich gebracht. Harriets geliebter Enkel schlüpft kurzerhand in Frauenkleider, um auf dem Landsitz der Familie nach den Unterlagen zu suchen. Leider kommt ihm dabei nicht nur sein Herz in die Quere, das lichterloh für die schöne Charlotte entbrennt. Auch Edgars böse Pläne und die unverschämten Avancen von dessen tollpatschigem Sohn George erschweren Louis' Aufgabe. Die Zeit drängt, und die Aussicht auf ein Weihnachtswunder wird mit jedem Tag kleiner…

I M P R E S S U M

Texte: © 2019 Dorothea Stiller

https://dorothea-stiller.de

Dorothea Stiller
Nachtigallenweg 30
44534 Lünen

0176 30778352

info@dorothea-stiller.de

Stiller, Dorothea. Frühling der Herzen (Love Shot 14)
(German Edition)